E-Z DICKENS SUPERHERO BUKU TIGA

KAMAR MERAH

Cathy McGough

Stratford Living Publishing

APA YANG DIKATAKAN PEMBACA...

"Ini adalah cerita yang menyenangkan dengan begitu banyak hal yang terjadi. Saya menyukai sifat para karakternya, terutama EZ. Benar-benar rapi siapa keluarganya, dan saya sangat mengagumi kamar putihnya. Faktanya, saya rasa saya membutuhkan kamar putih saya sendiri dan kekuatan baru yang diberikan kepada EZ menjelang akhir buku - saya tidak ingin membocorkan apa pun, tapi maksud saya, betapa kerennya. Sebagai seorang gamer, saya sangat menghargai alur ceritanya. Selain permainannya, saya juga berpikir bahwa penangkap jiwa adalah konsep yang sangat orisinil dan rapi. Selesai!! Oh. Astaga. Saya harus membaca bagian selanjutnya untuk mengetahui bagaimana kelanjutannya."

Hak Cipta

Juga oleh:

Bagi mereka yang percaya...

"Pahlawan adalah individu biasa yang menemukan kekuatan untuk bertahan dan bertahan meskipun menghadapi rintangan yang luar biasa."

Christopher Reeve

PROLOG

Dua tahun telah berlalu, dan pada bulan Desember yang pertama, ulang tahun E-Z yang kelima belas. Meskipun di luar sangat dingin, dan butiran salju turun di sekeliling mereka, dia dan keluarga serta teman-temannya bersikeras untuk mengadakan pestanya di luar, di mana mereka membuat api unggun untuk menghangatkan diri dan barbekyu.

Setelah Samantha dan Sam menikah, rumah tangga keluarga Dickens semakin sibuk. Tidak pernah ada momen yang membosankan saat para sahabat berkunjung.

Pernikahan Sam dan Samantha adalah sebuah upacara kecil yang diadakan di Kantor Catatan Sipil. Lia menjadi pengiring pengantin wanita, E-Z menjadi pendamping pria, dan Alfred si Terompet Angsa menjadi pembawa cincin.

Lia sempat mengolok-olok Alfred karena ia mengenakan dasi kupu-kupu biru tua dan tidak ada yang lain. Alfred tidak merasa bingung dengan perhatian ini, karena ia tahu bahwa ia berada di tengah-tengah orang lain, seperti para mantan Perdana Menteri Inggris.

"Jika Winston Churchill yang hebat menganggap dasi kupu-kupu cukup bagus untuknya, maka itu cukup bagus untuk saya!" Kata Alfred.

"Dia juga menghisap cerutu yang sangat besar!" Kata E-Z. "Saya harap Anda tidak akan mulai merokok salah satunya juga."

Lia tertawa kecil.

"Steak sudah siap!" Sam memanggil. "Jika kamu suka yang langka, datang dan ambil sekarang."

Hanya Samantha yang maju ke depan dengan piring yang sudah siap. "Anakmu ngidam rare hari ini," katanya sambil menepuk-nepuk perutnya.

"Apa yang anak saya inginkan, dia dapatkan," kata Sam sambil mengangkat steak ke piring istrinya. Dia mencolek bagian tengahnya saat suaminya menambahkan kentang panggang dan beberapa helai asparagus di sampingnya.

Samantha mengunyah asparagus sambil berjalan menuju meja piknik. Dia telah merencanakan ulang tahun E-Z dengan sangat baik, dan menghabiskan banyak waktu untuk mendekorasi meja itu sendiri dengan barang-barang bertema Selamat Ulang Tahun. Dia duduk dan memotong kentang panggang menjadi dua, lalu menambahkan krim asam, daun bawang, mentega, dan sedikit garam.

E-Z, Lia, Alfred, PJ, dan Arden tetap tinggal karena lebih hangat di dekat perapian. Paman Sam tidak suka orang-orang berkeliaran saat dia sedang mengurus barbekyu, jadi mereka menjauh darinya. Selain itu, mereka semua menyukai hasil buruan mereka yang matang dengan baik dan juga memberi mereka kesempatan untuk mengobrol dan bercengkerama.

"Apa pendapat Anda tentang situs web Superhero kami?" E-Z bertanya.

PJ dan Arden saling berpandangan, lalu mengangkat bahu.

"Ayolah," kata E-Z. "Apa pendapat kalian tentang hal itu? Aku tahu kalian sudah melihat-lihat situs itu, karena Paman Sam membantuku melihat datanya. Saya tidak menyangka kita bisa mengetahui begitu banyak informasi seperti siapa yang mengunjungi situs kami, berapa lama mereka tinggal, apa yang mereka lihat. Dan saya mengenali alamat IP Anda. Jadi, katakan padaku apa pendapatmu tentang hal ini?"

"Seluruh kebenaran? Tidak ada yang ditutup-tutupi?" PJ bertanya.

"Kebenaran yang brutal?" Arden menambahkan.

"Ya," bujuk E-Z. Dia merendahkan suaranya menjadi bisikan. "Paman Sam melakukan pekerjaan yang sangat baik. Namun, kita tidak menargetkan audiens yang tepat karena kita hampir tidak mendapatkan lalu lintas. Selain kalian berdua, dan alamat IP yang berlokasi di Prancis, kami hampir tidak mendapatkan kunjungan.

"Beberapa orang, seperti Anda, telah kembali dan melihat-lihat situs ini beberapa kali, tetapi mereka tidak bertahan lama. Paman Sam menyarankan mungkin kita harus memulai buletin, mengajak orang untuk mendaftar dan mengirimi mereka pembaruan, tapi saya tidak tahu. Semua orang membuat buletin akhir-akhir ini dan sepertinya itu pekerjaan yang berat. Paman Sam menunjukkan kepada saya bahwa dia telah mendaftar untuk sekitar lima puluh buletin!

"Mengenai permintaan bantuan - yang merupakan alasan utama mengapa kami membuat situs web - sejauh ini yang kami minta adalah hal-hal yang ditangani oleh petugas lokal seperti polisi dan pemadam kebakaran. Saya tidak suka dengan ide bahwa kami harus bergegas untuk menyelamatkan seekor kucing di atas pohon, dan pemadam kebakaran datang dengan peralatan lengkap untuk melakukan pekerjaan yang sama. Hal ini tidak efisien bagi mereka dan kita. Dan sangat memalukan ketika mereka muncul tepat saat kita sedang menyelesaikannya. Waktu mereka sangat berharga - mereka menyelamatkan nyawa setiap hari. Rasanya tidak sopan jika Anda tahu apa yang saya maksud? Mereka menyelamatkan nyawa dan siap sedia 24 jam sehari, tujuh hari seminggu.

"Saya pikir kita perlu permintaan untuk berada di luar wilayah mereka, jadi, kita tidak membuang-buang waktu mereka atau membuat pekerjaan mereka menjadi lebih sulit daripada yang sudah ada. Maaf untuk pidato yang bertele-tele ini, tapi, ketika saya memikirkan semua yang telah mereka lakukan, setelah kecelakaan dengan orang tua saya..."

PJ dan Arden mendekat dan berbisik. Mereka tidak ingin menyakiti perasaan Sam - lagipula mereka bukan ahlinya - atau mengambil risiko Sam akan mendengarnya dan membakar steak mereka hingga garing.

"Eh, kami mengerti maksudmu," kata PJ. "Lagipula, polisi dan pemadam kebakaran adalah layanan yang penting, dan mereka dibayar untuk menyelamatkan orang. Sedangkan kalian adalah sukarelawan."

"Jadi, situs web mereka, dan kehadiran online mereka di media sosial berbeda dari yang seharusnya," kata Arden. "Dan mereka memiliki banyak staf, dalam berbagai tingkatan untuk memelihara dan memperbarui semuanya."

"Sedangkan situs Anda, membutuhkan sesuatu yang lebih seperti superhero - jika itu memang benar - dan tidak terlalu korporat. Seperti para legenda, mereka yang jejaknya Anda ikuti. Lihatlah beberapa situs web yang dibuat untuk mereka - dan mereka adalah karakter fiksi. Bayangkan apa yang bisa kita lakukan jika kita mengikuti jejak mereka," kata Arden.

"Seperti apa? Saya tahu kalian punya beberapa ide, jadi berbagilah," kata E-Z.

"Yah, seperti yang mungkin sudah kalian duga, kami melakukan beberapa curah pendapat di antara kami berdua. Dan kami menyusun sebuah situs web pementasan - ini belum ditayangkan dan tidak akan ditayangkan sampai Anda menyetujuinya - seperti apa situs Anda nantinya. Itu ada di ponsel saya. Lihat dan pahami apa yang kami maksud dan pikirkan kemungkinannya karena ini dilakukan oleh kami dengan cukup cepat." PJ menekan tombol start. Ketiganya bersandar.

Di layar pertama kali muncul kata-kata, "Selamat datang di situs web Superhero The Three." Kemudian layar diperbesar pada E-Z dalam bentuk animasi. Dia duduk di kursi rodanya seperti yang diharapkan, mengenakan kaos hitam, celana jins biru, dan sepasang sepatu lari.

E-Z menepuk-nepuk rambutnya ke bawah ketika dia melihat bagaimana garis hitam di tengah rambut pirangnya terlihat seperti botol. Dia tidak akan pernah terbiasa dengan hal itu.

"Apa itu, di baju, celana jins dan sepatu saya? Apa itu sebuah logo? Dan bagaimana Anda membuat saya menjadi kartun?"

"Ya, itu adalah sebuah logo. Kami pikir sayap malaikat itu keren dan sesuai," kata Arden.

"Kami menggunakan sebuah aplikasi untuk membuat Anda menjadi kartun," kata PJ. "Kami melakukan beberapa pengeditan, pada lengan Anda. Semoga kami tidak berlebihan."

E-Z melihat lebih dekat saat versi animasi dirinya menyilangkan tangannya. Sekarang lengannya yang agak lebih besar menarik perhatiannya dan pipinya memerah. Dia terlihat seperti orang yang sedang berpose. Apakah teman-temannya benar-benar berpikir bahwa dia terlihat lebih baik dengan penampilan seperti ini? Dia merasa ngeri saat sayap E-Z di layar muncul. Dia melayang di udara, dan menunjuk.

Ini adalah perkenalan pertama dengan Lia. Dia juga datang dalam bentuk animasi. Lia mengenakan pakaian dari ujung kepala sampai ujung kaki dalam jumpsuit ungu dengan tutu. Rambut pirangnya dikuncir ekor kuda dan di atas matanya terdapat kacamata hitam berwarna ungu. Dia terlihat lincah, ramah, dan imut saat berjalan melintasi layar. Dia berbalik dan berhenti, seperti seorang model di landasan pacu dan berpose.

E-Z mencemooh; dia tidak bisa menahan diri.

"Yah, setidaknya saya tidak terlihat seperti model dengan otot palsu!" katanya.

E-Z tidak berkomentar.

Lia yang beranimasi mengulurkan tangannya ke depan, telapak tangan menghadap ke tanah. Lalu, voila, dia membalikkan tangannya. Mata kiri di telapak tangannya terbuka, diikuti oleh mata kanan. Secara sinkron, keduanya berkedip. Lia menahan posenya, lalu bersiul melalui jari-jarinya.

"Seandainya aku bisa melakukan itu!" katanya, mencoba menirukan versi animasi dirinya.

E-Z bersiul.

"Pamer," katanya sambil menyikutnya.

Sekarang Dorrit kecil muncul di layar. Dia anggun dan feminin, dan seputih salju. Unicorn itu terbang ke arah Lia, mendarat, dan menundukkan kepalanya agar gadis kecil itu bisa mengelusnya. Lia melompat ke atas, dan Dorrit kecil terbang di samping E-Z. Mereka melayang-layang, lalu menoleh.

Ini adalah isyarat dari Alfred. Dalam bentuk kartun, paruhnya yang berwarna oranye terang tampak berkilauan di bawah cahaya. Sangat kontras dengan dasi kupu-kupu merah apelnya. Saat dia berjalan menuju Lia dan E-Z, kakinya yang berselaput itu berbunyi seperti cangkir pengisap.

"Kakiku tidak mengeluarkan suara seperti itu!" Alfred berkata.

"Eh, mereka juga bisa," kata E-Z sambil menyeringai, saat Alfred di layar melebarkan sayapnya dan terbang ke sisi kedua rekannya.

Ketiganya berpose. E-Z berada di tengah, Lia di sebelah kiri, dan Alfred di sebelah kanan. Lalu hal itu terjadi. The Three - Lia dan E-Z mengacungkan jempol mereka. Alfred melakukan gerakan mengepakkan sayap.

"Ini memalukan," bisik E-Z kepada Alfred.

"Jangan bercanda!"

"Ssst," kata Lia saat suara di layar mulai terdengar. Itu adalah suara Arden, tapi nadanya lebih rendah. Ia terdengar seperti pembawa acara game show.

"Jika Anda membutuhkan pahlawan super... E-Z, Lia, dan Alfred - yang juga dikenal sebagai The Three - siap melayani Anda dua puluh empat jam sehari, tujuh hari seminggu. Hubungi ***-***-**** atau kirim pesan melalui media sosial.

Saat Anda membutuhkan seseorang untuk membantu Anda...Hubungi The Three. Mereka akan berada di sana untuk Anda... segera. Anda dapat mengandalkan mereka... karena mereka adalah yang terbaik yang akan Anda temui. Dua puluh empat jam sehari, tujuh hari seminggu... kepuasan terjamin."

"Dan sekarang untuk hasil akhir yang besar," kata Arden.

Ketiganya melipat tangan mereka di dada. Alfred melipat sayapnya.

"Eh, itu tidak mungkin," kata Alfred.

"Ssst," kata Lia.

Masing-masing dengan dagu yang didorong ke depan satu demi satu , Ketiganya berpose.

PJ berhenti sejenak.

"Mempertimbangkan apa yang kamu katakan tentang yurisdiksi, kita mungkin perlu mengubahnya," katanya. Dia menekan tombol start.

"Tidak ada pekerjaan yang terlalu besar atau kecil bagi kita!" Versi komputerisasi dari suara E-Z berkata.

Kemudian sebuah lingkaran di tengah layar berputar-putar, seperti wi-fi yang mencoba mencari sinyal. Sekarang kata BAM! memenuhi layar. Lalu kata SOCKO!

Mereka menyaksikan E-Z menyelamatkan seekor kucing yang tersangkut di atas pohon.

"Oh saudara," katanya.

Suara karakter animasinya berlanjut.

"Kami adalah The Three

Kami di sini untukmu!

Kucing yang tersangkut di pohon...

Kami akan menurunkannya untukmu!"

E-Z diperlihatkan sedang menyerahkan kucing yang telah diselamatkan kepada sebuah keluarga.

"Eh, itu tidak pernah terjadi," katanya.

"Kami, eh, mengambil sedikit lisensi puitis," Arden mengakui.

"Kami dapat memperbaiki apa pun yang tidak Anda sukai," kata PJ.

Sekarang lingkaran itu muncul lagi di layar, berputar-putar. Ketika berhenti, layar diisi dengan kata BANG! Diikuti dengan kata ZIP!

Di layar muncul animasi E-Z yang menyelamatkan sebuah pesawat yang penuh dengan penumpang. Saat dia menurunkan pesawat, ratusan penonton yang menunggu di landasan pacu bertepuk tangan.

"Nah, ini baru hebat," katanya.

"Ssst," kata Lia.

Di layar E-Z berkata,

"Karena kami adalah teman Anda!

Layanan kami gratis.

24/7

Karena kami adalah The Three!"

Berputar lagi, berputar-putar. Diikuti oleh BINGO! Dan BAM!

Sekarang penyelamatan roller-coaster itu dibuat ulang dalam bentuk animasi. Itu sangat bagus. Sangat akurat sehingga mereka bisa mencium bau permen dan jagung karamel.

"Oh!" Kata E-Z.

Lia bertepuk tangan.

Alfred menggoyangkan lehernya dari satu sisi ke sisi yang lain seperti baru saja disemprot air yang sangat dingin.

"Aku menyukainya!" Kata Lia. "Dan terima kasih telah memasukkan warna favorit saya. Bagaimana kamu tahu?"

"Saya perhatikan, kamu sering memakainya," kata PJ. Pipinya memerah. "Aku senang sekali kamu menyukainya."

"Bagaimana menurutmu, E-Z?" Arden bertanya.

Alfred melirik ke arah E-Z.

"Itu tadi," kata E-Z, "eh... usaha yang bagus."

"Makan malam sudah siap, ayo ambil!" Sam memanggil.

"Biarkan anak yang berulang tahun pergi dulu," kata Samantha.

E-Z berjalan melintasi halaman bersama Alfred.

"Bicara tentang waktu yang tepat," katanya.

"Ya, mereka berdua masih plonco," jawab Alfred.

"Tapi hati mereka berada di tempat yang tepat. Itu ide yang cerdas, hanya sedikit di atas kita."

"Sedikit?" Alfred melengking.

"Oke, banyak, tapi mereka mencobanya. Kita bisa menyimpan apa yang kita suka dan membuang sisanya."

Setelah mereka semua mendapatkan makanan, mereka duduk di meja piknik dan makan. Langit berubah, dan bintang-bintang terang memenuhi langit di sekeliling mereka. Mereka makan sampai kenyang, lalu Samantha mengeluarkan kue ulang tahun yang telah dibuatnya, dan semua orang bernyanyi "Selamat Ulang Tahun!"

"Pidato! Pidato!" Arden menegur dan segera semua orang bergabung.

E-Z berpikir sejenak selama beberapa detik.

"Terima kasih telah membuat ulang tahun saya yang kelima belas menjadi istimewa. Saya ingin meluangkan waktu sejenak untuk mengenang ayah dan ibu saya, dan berbagi kenangan ulang tahun dengan kalian. Apa boleh? Saya berjanji tidak akan menjadi cengeng."

Semua orang mengangguk.

Samantha yang sejak hamil selalu cengeng. Entah itu karena bahagia atau karena air mata, ia selalu menyeka air mata bahkan sebelum ia memulai. "Aku baik-baik saja," katanya, saat Sam merangkulnya.

"Saat itu adalah hari ulang tahun saya yang kelima. Saya tidak ingin pesta, dan meminta untuk pergi menonton film sebagai gantinya. Alih-alih mencari di koran, untuk mencari tahu apa yang sedang diputar, kami memutuskan untuk datang dan memutuskan apa yang akan ditonton di tempat. Entah apa pun yang mereka katakan, saya bisa memilih karena saya adalah anak yang berulang tahun."

Dia memejamkan matanya sejenak.

Dia sudah berada di dalam bioskop. Di sana ada Ibu, dengan jaket berlapis-lapis. Dia memakai penutup telinga, dan dia menggosok-gosokkan kedua tangannya seperti yang selalu dia lakukan. Ibu selalu memakai sarung tangan dan mengeluh jari-jarinya kedinginan.

Ayah mengenakan mantel biru selutut dengan celana jins. Dia tidak suka memakai topi ke kota, karena itu akan mengacaukan rambutnya. Tangannya tidak memakai sarung tangan. Kuncinya dimasukkan ke dalam saku mantelnya.

E-Z mengendus udara. Ia bisa mencium bau popcorn mentega di dalam teater, menunggu mereka masuk dan memesannya.

Mereka sedang melihat-lihat poster.

"Bagaimana dengan yang itu?" kata ibunya.

"Tidak, E-Z lebih suka yang itu?" kata ayahnya.

Dia membuka matanya lagi.

Alih-alih berada di halaman belakang bersama keluarga dan teman-temannya, dia kembali ke silo - lagi. Dia tidak pernah kembali ke sana sejak para malaikat mengingkari perjanjian mereka.

"Selamat Ulang Tahun!" suara di dinding berseru.

Sebuah panel terbuka di dinding di sampingnya dan sebuah kue mangkuk muncul. Di atasnya tertulis, "Selamat Ulang Tahun, E-Z." Di tengahnya ada sebuah lilin yang sudah menyala.

"Selamat menikmati!" kata suara itu sambil menjatuhkan pisau dan garpu ke meja di sampingnya.

"Eh, terima kasih," katanya. "Mengapa saya ada di sini?"

"Waktu tunggu empat menit," kata suara yang mengganggu itu. "Silakan tetap duduk."

Seolah-olah dia tidak punya pilihan lain.

BAB 1

ULANG TAHUN TERGANGGU

E-Z tidak menyentuh cupcake yang ada di depannya, meskipun terlihat dan tercium enak. Dia bertanya-tanya apa yang sedang terjadi di pestanya. Setidaknya dia tahu bahwa mereka tidak boleh memotong kue sampai dia meniup lilin dan membuat permohonan. Ada pesta ulang tahun di rumah saat dia tidak ada di sana!

"Keluarkan saya dari sini!" teriaknya. "Saya melewatkan pesta ulang tahun saya yang ke-15 dan saya sedang asyik bercerita."

Atap silo menguap terbuka dan Eriel melayang ke arahnya seperti sambaran petir di tengah badai.

"Senang bertemu denganmu lagi, mantan anak didikku," katanya.

"Perasaan ini tidak saling menguntungkan. Mengapa saya ada di sini? Saya pikir saya sudah selesai dengan Anda semua dan hari ini adalah hari ulang tahun saya - saya harus kembali ke sana."

"Ya, saya minta maaf atas waktunya - tetapi kami tidak bisa membiarkan ulang tahun Anda berlalu tanpa setidaknya mengucapkan selamat ulang tahun."

"Eh, terima kasih, saya rasa."

"Dan karena Anda ada di sini, mengapa Anda tidak ikut menikmati kue mangkuk ulang tahun Anda? Dan jangan lupa untuk membuat permohonan - kau akan membutuhkan semua bantuan yang bisa kau dapatkan!" kata malaikat itu sambil tertawa kecil.

Di samping E-Z, sebuah jendela terbuka, dan sebuah lengan mekanik keluar membawa korek api yang menyala. Tangan itu menyalakan sumbu korek api, lalu mundur kembali ke dinding dengan cepat sehingga korek api itu mati dengan sendirinya. Ia bertanya-tanya apa maksud dari komentar terakhir itu, tapi ia tahu bahwa Eriel sedang menjebak dirinya. Otaknya menjadi kosong. Dia tidak bisa memikirkan satu hal pun untuk diharapkan. Selain itu, dia kembali ke rumah bersama teman-teman dan keluarganya yang sedang merayakan ulang tahunnya. Saat dia meniup lilin, Eriel mulai bernyanyi. Lagu tersebut merupakan versi yang meriah dari, "Karena dia adalah orang yang sangat baik, yang tidak dapat disangkal oleh siapa pun."

"Jangan tersinggung," kata E-Z, "Tapi Anda seharusnya menyanyikan lagu Selamat Ulang Tahun."

"Yang terpenting adalah pikirannya," kata Eriel. "Sekarang kita telah menyelesaikan segmen ulang tahun dari kunjungan Anda, kami ingin tahu, apakah Anda sudah memecahkan teka-teki ini?"

"Teka-teki? Teka-teki apa?"

"Ya, kami menyarankan Anda untuk mencoba membuat koneksi - dalam percobaan sebelumnya. Ingat ketika kami mengatakan bahwa kami tidak ingin menyuapi Anda? Apakah kamu berhasil melakukannya?"

"Oh, sepertinya itu bukan prioritas atau teka-teki yang harus saya pecahkan, terutama karena Anda menerima tawaran Anda. Tapi ya, saya sedang menulis di buku catatan saya, membuat catatan tentang hal-hal yang telah kita capai sejauh ini, dan saya menemukan beberapa hubungan dengan game, tapi itu murni kebetulan."

"Kebetulan! Tentu saja tidak. Kejadian-kejadian itu saling berhubungan - siapa pun bisa melihatnya!" Eriel berkata, menjaga suaranya tetap rendah agar tidak kehilangan kesabaran.

"Eh, maaf, tapi kebetulan itu sering terjadi. Tahukah Anda berapa banyak anak yang bermain game komputer? Saya mencari tahu di internet. Pada tahun 2011, dikatakan bahwa sembilan puluh satu persen anak-anak berusia antara dua dan tujuh belas tahun bermain game setiap hari. Itu berarti sekitar 64 juta anak di seluruh dunia."

'Ah, jadi Anda sudah memusatkan perhatian pada hal itu. Itu bagus. Ada hal lain yang Anda ketahui tentang hal itu? Atau ada kekhawatiran yang mungkin Anda miliki? Alasan apa pun yang membuat Anda harus melakukan lebih banyak riset - riset itu bagus. Inisiatif itu sangat, sangat, bagus."

"Tidak. Saya cukup sibuk, dengan hal-hal lain - sekolah dan yang lainnya. Selain itu, jika Anda ingin saya menekuninya lebih lanjut - pertama-tama Anda harus meyakinkan saya bahwa ini lebih dari sekadar kebetulan. Saya telah memeriksa beberapa statistik. Misalnya, ada lebih banyak gamer perempuan daripada sebelumnya. Banyak yang membuat bisnis di YouTube dan mencari nafkah. Tentu saja bukan anak-anak, tapi dari statistik yang saya baca di internet, pada tahun 2019, 46 persen gamer adalah perempuan."

Eriel mengetuk-ngetukkan jarinya yang panjang dan kurus ke dagunya, seperti sedang merenungkan apa yang dikatakan E-Z. "Ah, sekali lagi saya terkesan. Kau tidak menganggap statistik itu mengkhawatirkan?"

"Eh, tidak, tidak." Dia menarik napas dalam-dalam karena tidak sabar melewatkan hari ulang tahunnya. "Apakah penting kita melakukan ini hari ini? Tidak bisakah kamu membawaku ke sini lain kali? Tidak ada yang kita bicarakan yang terdengar penting."

Eriel berhenti mengetuk dan alis kanannya terangkat. Ia memelototi anak laki-laki yang sedang berulang tahun itu.

"Atau bukan?" E-Z bertanya.

Eriel menunggu sebelum menjawab. Ia membungkus lidahnya dengan kata-kata, seperti kesulitan untuk mengeluarkannya. Dia menaikkan nada suaranya menjadi sopran dan berkata, "An-y-thin-g el-se a-bou-t tho-se t-wo in-ci-de-nts? Apa yang harus dilakukan untuk menggunakan sebuah ruangan? Untuk membuat api di bawahmu?"

E-Z berharap Eriel akan mengeja dan langsung pada intinya. Ia tidak ingin mempermalukan dirinya sendiri dengan mengatakan hal yang sudah jelas atau salah.

"Raphael benar, kau memang agak tebal."

"Hei!" E-Z berteriak. "Jika Anda membutuhkan bantuan saya, Anda akan mendapatkannya dengan cara yang sangat aneh." Dia mengusapkan jarinya ke lapisan gula pada cupcake dan menghisap jarinya. Rasanya enak, seperti permen kapas. "Membunuh. Yang satu mencoba membunuh saya, dan yang satunya lagi membunuh orang di toko. Keduanya mengatakan bahwa motif mereka terkait dengan permainan."

"Tepat sekali," kata Eriel.

"Dan?"

"Sudahlah!" Eriel menghilang melalui langit-langit, bernyanyi, "Setebal batu bata, setebal batu bata, setebal batu bata."

E-Z mengangkat tinjunya ke udara. "Kembalilah ke sini dan katakan itu di depan wajahku!"

Tawa Eriel terdengar, memantul di dinding.

PFFT.

"Eh, terima kasih," kata E-Z, lalu ia mendapati dirinya sudah kembali ke rumah, di pestanya. Semua orang sibuk, bermain game, melakukan kegiatan masing-masing - seolah-olah dia tidak ada di sana sama sekali - padahal tidak.

Dia melihat Sam mengambil giliran bermain bola tangga. Dia tidak terlalu pandai dalam hal ini, tetapi E-Z tetap datang dan menyaksikan percobaan keduanya. Setelah dia menyelesaikan lemparannya, dan meleset dari sasaran, dia pergi ke sisi keponakannya.

"Saya lihat kamu masih berusaha untuk menguasai permainan ini," kata E-Z.

"Ya, itu adalah bakat yang didapat. Ngomong-ngomong, kamu mau ke mana?"

"Eriel ingin mengucapkan selamat ulang tahun, di antaranya."

"Eh, itu baik sekali. Benarkan?"

"Yah, kau tahu Eriel. Dia tidak pernah melakukan sesuatu tanpa motif. Dalam kasus ini, dia ingin aku membuat hubungan berdasarkan sebuah kenangan."

"Ingatan tentang apa? Orang tuamu? Kecelakaan itu?":

"Tidak, dia ingin aku membuat hubungan antara dua orang penghasut persidangan. Yang mana saya lakukan. Lalu dia pergi dengan mengatakan bahwa saya tebal seperti batu bata."

"Kasar sekali!" Lia berseru. Ia sudah mendengarkan sejak tadi karena bosan dengan permainan lempar bola.

"Dan di hari ulang tahunmu juga," kata Alfred. Dia bahkan lebih putus asa daripada Sam karena dia harus melempar bola menggunakan paruhnya.

"Mau mencoba?" PJ bertanya, menyerahkan bola kepada E-Z yang memposisikan kursinya di depan target, lalu melempar bola. Bola itu mengenai anak tangga bagian atas, berputar beberapa kali, dan mendarat di posisi premium.

"Begitulah cara Anda melakukannya!" Kata Sam.

"PJ dan saya telah melakukan lemparan seperti itu sepanjang pertandingan," kata Arden.

"Ah, tapi kamu bukan keponakanku," jawab Sam.

Pesta berlanjut hingga hari sudah terlalu gelap untuk bermain lagi, dan semua orang memutuskan untuk tidak bernyanyi bersama. PJ dan Arden pulang ke rumah, sementara E-Z dan anggota geng lainnya tidur.

BAB 2

MASALAH

Dua hari setelah pesta ulang tahun E-Z, PJ dan Arden mendapati diri mereka dalam masalah. Adalah Lia, yang mendapat firasat bahwa ada sesuatu yang tidak beres. Dia menceritakan penglihatannya kepada Alfred dan E-Z, "Mereka seperti kesurupan. Dan mereka berdua duduk di meja mereka, menatap layar komputer yang kosong."

"Tidak ada yang aneh dengan hal itu," kata E-Z. "Mereka memang sering bermain game bersama, dan mungkin mereka tertidur."

"Dengan mata terbuka?"

"Oke, ayo kita ke sana," kata E-Z.

"Ini tengah malam!" Alfred berseru.

"Tetap saja, lebih baik kita memeriksanya."

Ketiganya menyelinap keluar rumah, memutuskan untuk pergi ke rumah PJ terlebih dahulu karena rumahnya paling dekat.

"Kurasa orang tuanya tidak akan senang jika kita datang terlambat," kata Alfred.

"Mereka akan mengerti," kata Lia sambil membunyikan bel pintu depan.

Beberapa saat kemudian, seorang pria yang sangat mengantuk, sambil mengucek-ngucek matanya, membuka pintu dengan piyama yang dikenakannya - ayah PJ.

"Siapa itu?" ibunya memanggil dari dalam.

"Ini teman-teman PJ," kata ayahnya. "Apakah ada yang salah?"

"Eh," kata E-Z, "Maaf mengganggu, tapi kami benar-benar harus bertemu PJ. Ini sangat mendesak."

"Sebaiknya kalian masuk saja," kata ayah PJ.

BAB 3

SEBELUMNYA...

Sebelumnya di malam hari, PJ dan Arden telah mengerjakan Situs Web Superhero. Mereka telah memperbarui informasi dan menambahkan beberapa elemen baru.

Di masa lalu, ketika ada permintaan bantuan, sebuah email akan dikirim ke kotak masuk. Lain kali ketika ada orang yang masuk, mereka akan melihatnya dan merespons dengan tepat. Dengan sistem yang baru, E-Z, Arden, dan PJ akan menerima pesan teks secara instan.

Selain itu, orang yang mengajukan permintaan akan menerima balasan otomatis dengan cap waktu. PJ dan Arden yakin bahwa peningkatan otomatis ini akan meningkatkan kepercayaan diri, dan membawa lebih banyak lalu lintas ke situs mereka.

PJ dan Arden juga menyiapkan Saluran YouTube dengan Podcast. Ini adalah sesuatu yang baru yang mereka temukan dalam sesi curah pendapat. Mereka sangat bersemangat untuk memberi tahu E-Z tentang hal itu. Ini akan menjadi cara yang sangat baik untuk meningkatkan kehadiran online The Three. Mereka juga membuat Dewan Komunitas untuk diskusi terbuka.

Sistem ini juga mengkategorikan pesan-pesan yang masuk. Misalnya, menyelamatkan kucing dari pohon. The Three telah menerima banyak permintaan untuk layanan ini. Karena petugas lokal lebih siap untuk menjawab panggilan ini, PJ dan Arden menjadikannya sebagai Kode Biru.

Kode Biru berarti bahwa pada saat E-Z tiba di sana untuk menyelamatkan kucing tersebut, kucing itu sudah diselamatkan. Kode Biru menandakan bahwa ia harus menunggu, untuk melihat apakah situasi telah teratasi sebelum berangkat.

Kode Kuning mungkin berarti seseorang lupa membawa kunci atau mengunci kuncinya di dalam mobil. Sekali lagi, pada saat E-Z tiba di sana, situasinya sudah diatasi. Sekali lagi, sarannya adalah untuk menunggu dan memeriksa sebelum keluar.

Dengan mengkategorikan Biru dan Kuning, E-Z dan timnya dapat fokus pada panggilan yang lebih penting, yaitu Kode Merah.

Kode Merah adalah ketika nyawa atau anggota tubuh dalam bahaya. Sejak situs web ini dibuat, The Three tidak pernah menerima permintaan dalam kategori ini.

Puas dengan apa yang telah mereka capai, mereka memutuskan untuk melepaskan ketegangan. Mereka bergabung dalam sebuah permainan multipemain.

"Tiga gadis," PJ mengetik ke Arden.

"Kita bisa mengalahkan mereka!" jawabnya.

Permainan pun dimulai dan pada awalnya, semuanya berjalan seperti biasa. Mereka menghajar para gadis, naik level demi level, membunuh semua yang terlihat. Lalu tiba-tiba semuanya terhenti.

BAB 4

RUMAH P.J.

E-Z, Lia, Alfred dan orang tua PJ berjalan menyusuri koridor menuju kamarnya. Apa yang mereka lihat sebagian besar sama seperti yang dibayangkan Lia. Bedanya, layar komputernya masih menyala. Layar itu berkedip-kedip sementara PJ tampak tertidur pulas.

"Ada apa dengan dia?" Ibu PJ bertanya. "Seharusnya dia tidur di tempat tidur. Lihatlah postur tubuhnya. Dia mungkin mengalami dehidrasi. Saya akan mengambilkan segelas air untuknya."

Ayah PJ bergerak ke seberang ruangan dan mengguncang pundak putranya. Dia berharap anaknya akan bangun, tapi ternyata tidak. Sebaliknya, ia merosot ke bawah di kursinya, dan akan jatuh ke lantai jika ayahnya tidak menangkapnya.

Dia menggendong putranya dan meletakkannya di tempat tidurnya.

Ibu PJ kembali, meletakkan air di meja samping, lalu menempelkan bibirnya ke dahi putranya. "Tidak demam," katanya.

Ayah PJ mengangkat kelopak mata kanan putranya dan melihat hanya bagian putih matanya saja yang terlihat. "Hubungi 911," serunya.

"Tidak, saya pikir kita harus menelepon dokter keluarga kita, Dokter Flanel," kata ibu PJ. "Dia pernah datang ke sini sebelumnya untuk melakukan kunjungan ke rumah. Ketika ada keadaan darurat - dan ini memang keadaan darurat."

"Ny. Handle," kata E-Z, "Dia akan baik-baik saja."

"Tentu saja, dia akan baik-baik saja," jawabnya, saat Pak Handle keluar ruangan untuk memanggil Dokter Flannel."

Ketika dia kembali, mereka semua menunggu bersama dalam diam, memperhatikan PJ saat dia tidur. Seperti mereka berharap dia akan melompat dan mulai berulah. Seolah-olah dia sedang bermain-main. Membodohi mereka.

Pak Handle gelisah, memantulkan kakinya ke atas dan ke bawah saat dia duduk. Dia berdiri, bergerak ke seberang ruangan, dan membungkuk untuk melihat hard drive. Dia mengangkat kakinya, seperti hendak menendangnya, namun pada menit terakhir dia berubah pikiran dan mencabut kabelnya dari stop kontak.

Mereka melihat, saat Tuan Handle mulai gemetar di sekujur tubuhnya, hingga ia menjatuhkan stekernya. Dia berbalik dan berjalan ke arah mereka. Di belakangnya asap mengepul keluar dari hard drive. Beberapa detik kemudian layar monitornya pecah.

"Ambil alat pemadam kebakaran!" Alfred berseru, tapi E-Z sudah mengambil segelas air dan melemparkannya ke dalam kotak. Air itu mendesis dan bergabung dengan layar yang benar-benar mati.

Ibu PJ berlari ke arah suaminya, dan membantunya duduk. "Dokter dapat memeriksamu juga saat dia tiba," katanya. "Kamu sangat beruntung. Saya tidak bisa menangani kalian berdua yang terluka."

"Saya baik-baik saja," kata Tuan Handle.

Tapi bagi The Three, dia tidak terlihat baik-baik saja. Dia pucat, sedikit hijau dan sedikit abu-abu.

"Jangan rewel," kata Tuan Handle. "Terima kasih atas pemikirannya yang cepat, E-Z." Lalu kepada istrinya, "Untung kamu membawa air itu."

"PJ akan sangat marah saat melihat komputernya rusak."

"Sekarang, sekarang," kata Tn. Handle. "Dia akan mengerti."

Dia jelas merasa lebih baik, karena The Three menyadari bahwa napasnya sudah kembali normal, begitu juga dengan wajahnya yang pucat.

Karena semuanya tampak beres, E-Z menyebut nama Arden. "Sementara Anda menunggu dokter, kami benar-benar perlu memeriksa Arden. Kami pikir dia mungkin mengalami kondisi yang sama."

"Mereka sering bermain game bersama, tapi apa yang bisa menyebabkan hal ini?" Tuan Handle bertanya.

"Saya tidak tahu, tapi apakah Anda keberatan jika saya pergi dan memeriksa Arden?"

"Silakan saja," kata Nyonya Handle.

"Lia akan tinggal di sini bersamamu," kata E-Z. "Dia bisa terus mengabari kami, dan jika Anda membutuhkan kami, kami akan segera kembali."

"Terima kasih, E-Z, dan Alfred," kata Tuan Handle, sambil mengantar mereka ke pintu depan.

BAB 5

RUMAH ARDEN

E-Z dan Alfred berjalan menuju rumah Arden. Sebelum mereka sempat mengetuk pintu, ayah Arden, Tn. Lester, membukakan pintu.

"Bagaimana kamu bisa tahu?" tanyanya.

E-Z tidak bisa mengatakan yang sebenarnya. Jadi, dia membuat kebohongan. "Eh, saya telah berteman baik dengan Arden sepanjang hidup saya, jadi saya tahu ketika ada sesuatu yang salah. Bolehkah aku menemuinya?"

"Tentu, masuklah ke kamarnya," kata ibu Arden, Ny. Lester. "Jangan khawatir. Dia hanya tidur. Dia akan baik-baik saja besok pagi."

Tn. Lester menggandeng tangan istrinya dan menuntunnya menyusuri lorong menuju kamar Arden yang sedang tertidur pulas.

"Oh," seru Alfred, saat melihatnya. "Dia terlihat seperti orang yang terkejut."

"Lihat di bawah kelopak matanya," kata Mr.

E-Z menarik kelopak mata temannya ke belakang. Pupil mata PJ terlihat, tapi lebih besar dan terlihat seperti bisa meledak keluar dari rongga matanya kapan saja. Dia menutup kelopak matanya kembali.

Alfred Hoo-hoo. Itulah yang didengar oleh Lesters. Apa yang dia katakan adalah, "Apa yang menyebabkannya? Ketakutan? Atau sesuatu yang lebih serius seperti kejang?"

E-Z mengangkat bahu tanpa menjawab. Para Lesters sudah cukup takut dan stres, ditambah lagi mereka hanya bisa menebak-nebak.

"Di mana tepatnya kamu menemukannya?" E-Z bertanya.

"Dia sedang duduk di depan komputernya," kata Ny. Lester.

"Apakah layarnya menyala?" tanyanya.

"Ya, benar," kata Pak Lester. "Kami sudah menelepon dokter keluarga kami. Dia sedang sibuk sekarang, sedang ada panggilan lain tapi dia akan segera menghubungi kita."

"Mereka sudah menelepon dokter di tempat PJ, Dokter Flanel. Biar saya hubungi Lia dan lihat apakah dia sudah membuat diagnosis."

"Hampir sama," katanya.

"Apa maksudmu, hampir?"

Dia mendorong dirinya keluar dari ruangan. Tidak perlu membuat keluarga Lester khawatir lebih dari sebelumnya. Dia berbisik ke telepon, "Pupil matanya masih terlihat, tapi sangat besar. Seperti luka, hampir pecah!"

"Oh, menjijikkan!" Kata Lia. "Mungkin dia harus dibawa ke rumah sakit?" "Mereka sudah menelepon dokter keluarganya, tapi dia tidak bisa dihubungi. Jadi, beritahu saya begitu Dr. Flannel memberikan pendapatnya dan saya akan menyampaikannya. Anda mungkin ingin memberitahunya tentang mata Arden dan melihat apakah dia akan menyarankan rawat inap segera."

"Baiklah. Saya akan menghubungimu."

Dia menjelaskan semuanya kepada para Lesters. Mereka menatap ke depan, dengan wajah kosong. Dia khawatir tentang bagaimana mereka menerima semuanya.

"Apakah ada yang mau secangkir teh?" Nyonya Lester bertanya.

"Tidak, terima kasih," kata E-Z. Nyonya Lester adalah salah satu Ibu yang percaya bahwa teh dapat menyelesaikan banyak masalah.

Pak Lester mengikuti istrinya ke dapur.

"Apa kamu biasanya tidak ikut bermain dengan mereka?" Alfred bertanya saat dia dan E-Z sedang berdua dengan Arden.

"Kadang-kadang," kata E-Z, "Tapi akhir-akhir ini jika ada waktu luang, saya biasanya menghabiskan waktu untuk menulis. Aku tidak punya banyak waktu untuk diriku sendiri akhir-akhir ini."

"Bisa dimengerti. Maaf kalau aku terlalu banyak berkeliaran."

"Tidak, tidak apa-apa. Aku harus lebih teratur. Tugas sekolah semakin rumit, kamu tahu kita sedang dalam perjalanan menuju karier dan kelulusan. Mereka ingin kita tahu ke mana kita akan pergi, dan kita bahkan belum tahu di mana kita berada."

"Saya ingat masa-masa itu, tetapi Anda akan mengetahuinya. Bagaimanapun, saya senang Anda tidak ikut bermain-main dengan mereka - jika tidak,

Anda mungkin akan berada dalam kondisi yang sama seperti mereka."

"Benar. Saya tidak bisa membayangkan apa yang akan membuat mereka sangat ketakutan... jika itu yang terjadi. Maksud saya, permainan tetaplah permainan - bukan kenyataan. Itu pasti salah satu kompetisi yang luar biasa."

Keluarga Lester kembali ke kamar putra mereka.

"Apa yang terjadi?" Nyonya Lester memekik.

Kelopak mata Arden kini terbuka, memperlihatkan seluruh bagian dalam yang berwarna putih. Seperti PJ, pupil matanya telah menghilang.

E-Z merasakan déjà vu saat Tuan Lester berjalan melintasi ruangan dan membungkuk untuk mencabut kabelnya.

"Berhenti!" E-Z berteriak. "Jangan sentuh itu!"

Tuan Lester membeku di tempatnya.

"Tuan Handle hampir tersengat listrik saat menyentuhnya. Hal terbaik yang harus dilakukan adalah membiarkannya."

"Oh, syukurlah Anda ada di sini dan memperingatkan saya," kata Pak Lester.

"Ya, terima kasih E-Z. Saya tidak bisa mengatasinya jika anak saya dan suami saya terluka. Saya tidak bisa." Ia menyeberangi ruangan dan memeluk suaminya.

"Setelah itu komputernya rusak, layarnya pecah, dan keluar asap," E-Z menjelaskan. "Jadi, komputer PJ mendesis, gosong - hangus. Sedangkan komputer Arden masih utuh. Jika kita tahu cara masuk ke dalamnya - dengan aman - mungkin kita bisa mencari tahu apa yang terjadi pada mereka. Pertama, saya harus menelepon Paman Sam dan meminta bantuannya. Dia seorang ahli teknologi, jadi dia pasti tahu apa yang harus dilakukan."

"Tunggu," kata Ny. Lester. "Apakah Anda ingin mengatakan bahwa PJ dan Arden adalah orang yang sama?"

Dia mengangguk.

"Saya selalu bilang komputer itu jahat!" katanya. "Arden saya adalah seorang atlet. Dia seharusnya pergi berolahraga, bukannya duduk di depan komputer dan membuang-buang waktu." Ia terisak di dada suaminya dan suaminya memeluknya.

"Komputer diperlukan untuk sekolah," kata Tn. Lester. "Anak kita tidak melakukan kesalahan apapun dan saya yakin dia akan kembali seperti dulu lagi. Dia perlu sedikit memejamkan mata. Sedikit istirahat, itu saja. Dia akan baik-baik saja."

Alfred Hoo-hoo'd.

E-Z menerima sebuah pesan di ponselnya. "Lia bilang Dokter Flannel menyuruh mereka untuk meninggalkan PJ di tempat dia berada. Dia bilang matanya akan kembali normal dengan sendirinya. Dia mengatakan PJ tidak terlihat kesakitan. Detak jantung dan denyut nadinya normal. Dia hanya butuh istirahat."

"Terima kasih," kata Pak Lester.

"Terima kasih sudah mampir," kata Ny. Lester. "Kami akan memberi tahu Anda jika ada perubahan."

E-Z dan Alfred pergi setelah kunjungan yang panjang dan bertemu dengan Lia dan mereka semua berjalan pulang bersama.

"Saya tidak habis pikir," kata E-Z, "apakah masalah PJ dan Arden ini dimaksudkan sebagai cobaan. Eriel mengisyaratkan bahwa saya harus mengkhawatirkan sesuatu. Bahwa saya bahkan harus ingin mengejarnya. Jika benar, saya tidak yakin bagaimana saya harus memperbaikinya. Apa kau punya ide? Selain meminta Paman Sam untuk membantu kita masuk ke komputer Arden - saya benar-benar bingung di sini."

"Aneh, jika ini adalah cobaan," kata Alfred. "Karena cobaan sudah berlalu, bukan?"

"Benar, tapi jika PJ dan Arden terluka, maka aku tidak punya pilihan selain terlibat. Meskipun para malaikat agung mengingkari kesepakatan kami."

"Mereka berdua tampak begitu, tidak mau tahu. Apa yang mereka harapkan dari Anda? Kau tidak punya kekuatan penyembuhan atau apapun," kata Alfred.

"Tapi KAMU punya!" Kata Lia.

"Aku punya, tapi, ketika mereka bisa digunakan. Aku sudah mencoba, berkomunikasi dengan pikiran mereka. Tapi itu seperti kosong. Saya tidak bisa menjangkau mereka. Untuk menyembuhkan mereka, harus ada semacam koneksi. Dan tidak ada yang bisa saya hubungkan.

"Saya terus bertanya pada diri sendiri apakah saya harus meminta bantuan Ariel. Dia adalah Malaikat Alam. Mungkin ada sesuatu yang bisa dia sarankan, atau sesuatu yang bisa dia lakukan yang tidak bisa saya lakukan."

"Itu ide yang menjanjikan," kata E-Z.

WHOOPEE

Ariel tiba.

"Ada apa?" tanyanya.

Alfred menjelaskan situasinya.

E-Z bertanya apakah ini adalah cobaan yang coba diselipkan oleh para malaikat setelah kejadian.

"Bagaimanapun juga kamu harus menolong teman-temanmu," katanya. "Kamu ingin menolong mereka, bukan?"

"Tentu saja, saya ingin, tetapi apa yang harus saya lakukan, tindakan apa yang harus saya ambil dalam persidangan biasanya lebih jelas."

"Bukankah aku mendengar bisikan-bisikan, tentang kamu yang tidak bisa mengambil inisiatif?" Ariel bertanya.

"Apakah Anda menyarankan," E-Z bertanya, menjaga suaranya tetap rendah agar tidak kehilangan kesabaran. "Bahwa para malaikat agung telah membuat teman-temanku koma untuk menguji inisiatifku?"

Ariel tersenyum. "Tidak, aku tidak menyarankan hal semacam itu. Tapi, jika itu adalah cobaan, lalu apa yang akan kamu lakukan untuk menolong mereka?"

"Ketika sebuah cobaan dihadapkan padaku, otakku langsung bekerja. Saya tahu apa yang harus dilakukan untuk memperbaikinya dan saya langsung melakukannya. Dengan ini, saya tidak tahu apa yang harus dilakukan untuk memperbaikinya. Mereka berada dalam bahaya medis. Saya bukan dokter."

Ariel menyilangkan tangannya. "Apa yang sudah kau coba, Alfred?"

"Aku mencoba terhubung dengan pikiran mereka berdua. Biasanya, jika aku bisa menyembuhkan manusia atau makhluk hidup, maka akan ada hubungan - hubungan yang belum terputus oleh kekuatan luar. Dalam kedua kasus mereka, itu seperti pintu telah dibanting dan saya tidak bisa menembusnya."

"Kalau begitu, Anda telah menjawab pertanyaan Anda sendiri," kata Ariel. "Ada lagi yang bisa saya bantu?"

"Kamu tidak bisa membantu apa-apa," kata Lia.

Alfred meminta maaf.

WHOOPEE

Dan Ariel pun pergi.

"Kamu tidak boleh bicara seperti itu padanya," kata Alfred. "Kalau dia bisa membantu kita, dia pasti akan membantu."

"Maafkan aku, tapi ini membuat frustasi ketika mereka tidak tahu lebih banyak dari yang kita tahu. Mereka adalah malaikat! Mereka seharusnya tahu sesuatu yang tidak kita ketahui, kalau tidak, apa gunanya mereka?" Lia bertanya.

"Maksudmu Haniel selalu bisa menyelesaikan masalah?"

Lia mengangkat bahu. "Tidak banyak yang bisa didiskusikan."

E-Z berkata, "Eriel tidak berguna. Setiap kali aku meminta bantuannya, dia selalu menolaknya. Ya, dia memberikan saran. Menyuruh saya untuk mencari tahu sendiri.

"Seperti saat dia memanggil saya terakhir kali, dia mengisyaratkan semacam konspirasi, atau koneksi, dia menyebutnya.

"Ketika saya menebak apa itu - bermain-main - bahwa ada hubungan, dia masih tidak berguna. Saya berharap mereka akan mengatakannya. Dengan satu atau lain cara, maka saya bisa fokus untuk mengeluarkan kedua teman saya dari situasi ini."

"Mengerti maksudku?" Lia berkata. "Semua malaikat itu sama sekali tidak berguna."

"Haniel menolongmu, saat kau melukai matamu," Alfred mengingatkannya.

Lia berbalik membelakanginya.

"Semoga saja dokter benar dan mereka berdua akan sembuh besok pagi," kata E-Z. "Hanya itu yang bisa kita lakukan."

Sesampainya di rumah, mereka pergi ke halaman belakang. Mereka menyapa Dorrit kecil dan melihat matahari terbit dan mengobrol tentang langkah selanjutnya.

E-Z membahas beberapa hal yang selama ini mengganggu pikirannya. Di Ruang Putih, mereka mendorongnya untuk menghubungkan titik-titik. Baru-baru ini Eriel membantunya mempersempitnya.

Dia membahas semua yang telah diceritakan oleh gadis di toko itu. Bagaimana dia disandera, seperti dalam sebuah permainan. Bagaimana dia mengenakan kostum, sehingga dia terlihat seperti pemburu bayaran dalam game.

Selanjutnya, dia memeriksa detail anak laki-laki di luar rumahnya. Anak itu telah mengatakan secara langsung bahwa dia telah dikirim untuk membunuh E-Z melalui suara di dalam game dan jika tidak, keluarganya akan dibunuh.

Kemudian dia berpikir tentang keterlibatan Eriel dan Malaikat Agung lainnya dalam cobaan tersebut. Sekarang PJ dan Arden terlibat.

Akankah para malaikat menarik mereka, untuk mendapatkannya? Apakah ini salahnya - karena terlalu lambat dalam memecahkan teka-teki yang mereka berikan kepadanya? Para malaikat agung mengatakan bahwa mereka sudah selesai dengannya. Mereka telah membatalkan ujiannya dan dia senang melihat mereka pergi. Mengapa mereka kembali, mencoba membuat hubungan baru dengannya? Itu tidak mungkin sebuah kebetulan.

Dia membuka mulutnya untuk mengatakan kepada Alfred dan Lia apa yang dia pikirkan - alih-alih, dia mendarat kembali ke dalam silo lagi. Hanya saja, kali ini bukannya terbuat dari logam, melainkan dari kaca dan dia tidak memiliki kursi.

BAB 6

ATAS KE BAWAH

E-Z tergantung terbalik di dalam gelembung kaca, sambil melihat hamparan rumput hijau di bumi. Dia berada di atas sana, dan kepalanya sangat sakit, dia takut gelembung kaca itu akan pecah dan memercik ke seluruh wadah. Tapi untungnya ada sesuatu yang menahannya. Apa itu, dia tidak tahu.

Tidak seperti saat-saat lain ketika dia berada di dalam silo, dia tidak diamankan (atau kursinya tidak diikat pada tempatnya). Hal lain yang membuatnya khawatir, dengan menggantung terbalik seperti ini, dia tidak akan melihat Eriel datang. Dia juga tidak bisa mencium baunya.

Begitu dia memikirkan Eriel, wadahnya bergeser. Dia takut jatuh. Ingin berpegangan pada sesuatu tapi tidak ada yang bisa dipegang kecuali udara. Dia melingkarkan tangannya di sekeliling dirinya.

Kemudian dia merasakan ada gerakan. Ruang kaca itu berputar searah jarum jam seratus delapan puluh derajat. Kepalanya langsung terasa lebih baik, lebih jernih, dan dia memusatkan perhatiannya untuk mengeluarkan dirinya. Lebih cepat lebih baik.

Namun terlambat, benda itu bergeser, lalu berputar seratus delapan puluh derajat lagi. Menempatkannya kembali ke tempat ia memulai.

"Apa kabar, Doody," Eriel berteriak sambil menempelkan wajahnya ke kaca. Kemudian dia mengetuk dan bernyanyi, "Biarkan aku masuk, biarkan aku masuk."

"Keluarkan aku dari sini!" E-Z berteriak.

"Tenanglah," Eriel mendesis. "Kamu berada di sini karena kebaikan hatiku. Aku ingin memberitahumu secara pribadi: teman-temanmu dalam bahaya."

"Maksudmu PJ dan Arden?" Eriel mengangguk. "Yah, aku sudah tahu itu! Dasar kau badut besar!"

"Tongkat dan batu akan mematahkan tulangku, tapi nama tidak akan pernah menyakitiku," Eriel bernyanyi.

"Jika kamu tidak mengeluarkanku dari sini - sekarang juga - maka aku akan melakukan lebih banyak hal kepadamu daripada yang bisa dilakukan oleh tongkat dan batu!"

Eriel mengetuk-ngetukkan jarinya yang bertulang ke dagunya. Dia masih dalam posisi miring ke kanan, yang merupakan keuntungan dari sudut pandang E-Z.

"Aku ingin kau tahu, meskipun teman-temanmu dalam bahaya, kau tidak perlu khawatir. Mereka tidak berada dalam bahaya superhero." Dia berhenti sejenak. "Seekor burung kecil mengatakan padaku bahwa kau pikir kami mencoba untuk menjatuhkan cobaan lain padamu... ternyata tidak. Serahkan saja pada takdir."

"Apa maksudmu mereka tidak berada dalam bahaya Superhero?" E-Z berteriak.

Eriel menghilang dan wadah kaca itu terjatuh. Dia memukul-mukul, menenangkan diri. Gelas itu jatuh lagi. Begitu seterusnya, hingga ia yakin tengkoraknya akan segera pecah seperti telur di trotoar.

Kemudian ia melihat Alfred, di tepi halaman sedang menggigit rumput.

"Hei!" E-Z berteriak. "HEY!"

Alfred berhenti makan dan berjalan menghampiri. Dia melihat temannya, tergantung terbalik di dalam gelembung kaca.

"Apa yang kamu lakukan di dalam sana?" tanya angsa peniup terompet.

"Eriel!" E-Z berseru.

"Cukup sudah. Aku akan pergi dan membangunkan Sam. Kuharap dia tahu apa yang harus dilakukan untuk mengeluarkanmu dari sana."

"Ide yang bagus dan minta dia membawa kursiku."

Sementara dia menunggu, E-Z mengutuk dirinya sendiri. Dia telah melewatkan kesempatan untuk meminta lebih banyak informasi dari Eriel. Dia telah bertindak seperti korban. Dia telah mengecewakan kedua sahabatnya.

Dia merumuskan rencana. Saat aku keluar dari sini, aku akan menemukan Eriel dan aku akan membuatnya mengatakan padaku bagaimana cara menyelamatkan PJ dan Arden. Aku akan membuatnya bersumpah tidak akan pernah menempatkanku dalam posisi ini lagi.

Tunggu sebentar. Jika PJ dan Arden tidak dalam bahaya superhero. Bahaya macam apa yang mereka hadapi? Apakah mereka bahkan perlu diselamatkan? Atau apakah Doc Flannel benar dengan mengatakan bahwa mereka akan segera mengatasinya dan kembali ke diri mereka yang dulu?

Dia tidak menyukai pernyataan "serahkan saja pada takdir". Dia percaya bahwa kita membuat takdir kita sendiri, dan kedua temannya dalam keadaan koma. Mereka tidak bisa menolong diri mereka sendiri, jadi dia akan menolong mereka. Tidak peduli apa yang dikatakan Eriel.

Akhirnya, Paman Sam keluar sambil mengacungkan sebuah alat besar di tangannya. "Ini pemotong kaca," katanya. "Saya tahu alat ini akan berguna suatu hari nanti saat saya membelinya di salah satu iklan di televisi. Mereka mengatakan bahwa alat ini dapat memotong kaca seperti mentega. Mari kita lihat apakah itu iklan yang salah." Dia memotong bagian bawahnya. Perlahan-lahan. Hati-hati.

"Hei, cepatlah, aku sesak di sini! Kalau matahari terbit, aku akan gosong."

"Sabar, nak," Alfred berdecak.

"Hampir sampai," kata Sam. Ia berlutut, beringsut maju, saat pemotong membelah bagian bawah wadah. Sementara itu, lutut celana panjangnya berembun di halaman yang berembun. "Aku menduga Eriel ada hubungannya dengan keberadaanmu di sana?"

"Ya, benar."

Sam selesai memotong, dan melepaskan keponakannya, lalu membantunya naik ke kursi rodanya.

"Terima kasih Paman Sam."

"Sama-sama. Sekarang jelaskan, tolong?"

"Saya terlalu lelah. Dan saya terlalu kesal untuk menjelaskannya. Bisakah kita melakukan ini besok pagi?"

Matahari memerah saat ia mulai naik ke cakrawala.

Dalam beberapa jam, E-Z harus mengecek keadaan teman-temannya. Dia berharap mereka akan baik-baik saja. Kembali normal. Kemudian dia tidak perlu memikirkannya lagi. Jika tidak... jika tidak. Yah, bagaimanapun juga semuanya akan lebih baik setelah dia tidur.

"Aku bisa menjelaskan semuanya padanya," tawar Alfred.

"Apa yang kau ketahui tentang hal itu? Aku harus berteriak padamu, untuk menarik perhatianmu."

"Oh, aku melihat semuanya. Menurutmu apa yang kulakukan di sini? Aku sedang menunggumu untuk meminta bantuan. Tidak ingin mengganggu waktu Eriel-mu."

"Mengganggu. Lucu sekali. Oke, isi dia. Aku mau tidur dulu. Aku terlalu lelah untuk berpikir lagi." Dia mendorong dirinya sendiri menaiki tanjakan dan masuk ke dalam rumah dan menjatuhkan diri ke tempat tidur dengan pakaian lengkap.

E-Z bermimpi hari itu adalah hari ulang tahunnya yang ketujuh. Orang tuanya telah menyewakan sebuah taman bermain virtual di dalam rumah. Dia telah mengundang dua belas anak, jadi total ada tiga belas orang dan satu tim harus memiliki pemain tambahan. Saat itu adalah harinya, mereka memanggil tim dan orang terakhir yang terpilih masuk ke dalam timnya. Mereka menyebut diri mereka sebagai Pemecah Bola. Tim lainnya, yang dipimpin oleh Kyle Marshall, menamakan diri mereka Bat Shitz.

"Kamu tidak boleh menggunakan nama itu," tegur tim E-Z. "Itu bisa dibilang sebuah kata umpatan."

"Ah, pikirkan lagi," kata Marshall. "Ejaannya adalah Shitz. Nama itu diambil dari nama anjing saya. Dia adalah Shitz-hu."

"Ayo bermain," kata E-Z.

PJ dan Arden berada di tim E-Z. Tim trio tornado menendang pantat tim Bat Shitz sampai mereka semua terlalu lelah untuk bergerak.

"Makanan sudah siap," ibu E-Z memanggil. Para orang tua sedang menunggu di restoran sebelah. Mereka memesan beberapa pizza, beberapa ember minuman ringan, dan akhirnya sebuah kue yang dihias dengan lilin.

Anak-anak meninggalkan area permainan bersama-sama. Tak lama kemudian, Arden menyadari bahwa topi baseball-nya tertinggal.

"Saya tidak bisa meninggalkannya! Aku harus kembali!"

"Kami akan ikut denganmu," kata E-Z. "Beri aku waktu sebentar untuk memberitahu ibuku."

"Aku akan memberitahunya," kata Kyle yang berada di dekatnya.

E-Z, PJ dan Arden kembali melacak. Ketika mereka tidak dapat menemukan topi itu, mereka terus berjalan.

"Pasti ada di sekitar sini!" Kata Arden.

"Saya yakin tidak mengira kalau itu sejauh ini," kata E-Z.

"Burung-burung nasar itu akan memakan semua pizza sebelum kita kembali," kata PJ.

"Jangan khawatir, Nyonya Dickens akan menyimpan makanan untuk kita. Dia tahu kita tidak akan lama."

Koridor meluas ke bangunan lain, tempat lain. Di depan mereka ada sebuah guillotine yang sangat besar. Di bagian atas, di atas mata pisau ada topi Arden. Di mata pisau itu sendiri ada sebuah tanda. Masih meneteskan cat merah, atau darah. Tertulis, "Kepala mengarah ke sini."

"Apakah kita sedang bermimpi?" Arden bertanya. "Karena, aku benar-benar tidak membutuhkan topi bisbolku seburuk itu."

"Dengar. Suara-suara," kata E-Z.

Bisikan, sangat pelan, tapi seperti gumaman. Pertama, seorang wanita yang sendirian. Kemudian yang lain bergabung, untuk berduet. Kemudian yang lain bergabung menjadi trio. Bisikan-bisikan itu berubah menjadi nyanyian.

"Saya tidak bisa mendengar kata-kata," kata PJ.

"Ssst," kata E-Z, sambil menempelkan jarinya ke bibirnya.

Saat suara-suara itu bernyanyi,

"B-link dan kau mati.

B-link dan kau mati.

B-link dan kau mati, B-link dan kau mati," diiringi lagu Selamat Ulang Tahun untukmu.

"Itu menyeramkan!" Kata PJ.

"Ayo kita kembali," kata Arden, saat pintu yang mereka masuki dibanting dan langkah kaki bergema di sepanjang koridor.

Langkah kaki itu semakin keras.

DENTING. DENTING. DENTING.

Chainmail. Mendekat. Kaki boot. Seorang prajurit. Sosok yang sangat tinggi, berkerudung. Membawa sesuatu yang berwarna perak: rautan pisau.

Ketika dia mencapai kaki guillotine, sosok berkerudung itu mengeluarkan sehelai bulu dari sakunya. Dia meletakkannya di atas mata pisau. Bulu itu memotongnya seperti mentega. Namun, dia terus mengasahnya lebih jauh. Sementara dia mengasah pisau, dia bersenandung di bawah nafasnya, seperti menikmati pekerjaannya.

"Seolah-olah mata pisau guillotine ini tidak cukup tajam!" PJ berbisik. "Keluarkan aku dari sini!"

Arden berlari menuju pintu dan mulai menggedor-gedornya. "E-Z, kau harus mengeluarkan kami dari sini! Kau harus menolong kami! Tolong bantu kami!"

PEMUATAN PESAN.

Wajah PJ dan Arden muncul di layar. Mereka mengucapkan dua kata:

"PERINGATI MEREKA."

E-Z terbangun dan mendengar Paman Sam menghantamkan tinjunya ke pintu kamar tidurnya. "Bangun E-Z, kita tidak bisa menemukan Lia!"

Setelah bangun, dia menyadari bahwa Lia telah menghubungi dan mencoba menghubunginya. Untuk memberi kabar padanya. Dia memeriksa ponselnya. Sebuah pesan dengan kabar terbaru.

"Tidak apa-apa," kata E-Z, "dia bersama PJ. Beritahu Samantha dia baik-baik saja. Aku harus segera menemuinya dan Arden. Di mana Alfred?"

"Dia ada di kebun," kata Sam. "Apakah kamu ingin sarapan sebelum pergi?"

"Roti lapis keju panggang akan cocok. Terima kasih."

Saat E-Z berpakaian, ia memikirkan mimpinya. Orang-orang sedang berbicara dengannya, melalui sebuah acara bersama yang mereka lakukan ketika mereka berusia tujuh tahun. Dia harus mencari tahu tentang apa itu semua. Memperingatkan mereka? Hangat siapa sebenarnya? Ini adalah petunjuk yang pasti, tapi siapa sebenarnya yang mereka ingin dia peringatkan?

Ya, dia sangat yakin bahwa mereka sedang berusaha memberitahukan sesuatu kepadanya, tapi apa sebenarnya? Dia sekali lagi memiliki kecurigaan yang licik bahwa ini semua ada hubungannya dengan Eriel.

Pertama, dia pergi ke rumah Arden, dan pria malang itu seperti sebelumnya, seperti zombie di tempat tidurnya. Seorang dokter berada di sisinya ketika E-Z dan Alfred masuk ke dalam.

"Apa diagnosisnya?" E-Z bertanya.

"Pertama, singkirkan unggas itu dari sini!" seru dokter.

Alfred melenguh protes lalu berjalan menjauh. Di luar dia mengunyah rumput dan membersihkan bulunya.

Dokter menatap Tuan dan Nyonya Lester, "Seberapa besar Anda ingin anak ini tahu?"

"Ini adalah E-Z, dia adalah salah satu teman baik Arden."

"Saya tahu siapa dia, saya pernah melihatnya di televisi saat menyelamatkan orang."

E-Z tidak tahu harus berkata apa, jadi dia hanya diam saja, tapi dia tidak suka dengan sikap dokter ini.

"Arden dalam keadaan koma."

"Ya, saya pikir begitu. Oh, jadi kapan dia akan sadar? Dr. Flannel di rumah sakit Handle - di mana PJ berada dalam kondisi yang sama - mengatakan bahwa dia akan segera kembali normal."

"Itu aku tidak tahu. Tubuhnya melindunginya dari sesuatu, jadi dia akan bangun ketika dia cukup sehat untuk melakukannya. Sementara itu, saya sarankan seseorang menemaninya selama 24 jam sehari, tujuh hari seminggu." Kemudian kepada Lesters, "Mungkin akan lebih baik jika kalian berdua bekerja untuk menyewa seorang perawat. Saya bisa merekomendasikan seseorang. Jika kalian bisa bekerja dari rumah, itu akan lebih baik. Saya akan menghubungi kalian kembali dalam beberapa hari."

"Dalam beberapa hari," Pak Lester mengulangi.

Ny. Lester menuntun sang dokter keluar rumah.

E-Z mengikutinya. "Jika saya bisa membantu, jaga di sisinya, jangan ragu untuk bertanya. Saya akan pergi ke kamar PJ sekarang. Lia sudah ada di sana, dan dia mengirim pesan yang sama."

"Terus kabari kami dan sampaikan salam kami untuk keluarga PJ."

"Baiklah," kata E-Z, saat dia dan Alfred dipertemukan kembali. Keduanya terangkat dari tanah dan terbang ke rumah PJ.

Saat mereka terbang berdampingan, Alfred berkata, "Saya tidak tertarik dengan dokter itu. Ketika seseorang tidak baik pada hewan... saya tidak percaya padanya."

"Aku mendengarmu, tapi dia hanya melakukan tugasnya."

"Angsa-angsa kami tidak menyebabkan wabah atau... sudahlah. Saya lupa tentang flu burung - tapi itu terjadi karena ulah manusia."

Mereka mendarat di rumah PJ, di mana Lia sedang menunggu mereka dengan pintu terbuka.

"Bagaimana kabar kalian berdua?" tanya Lia.

"Baik-baik saja," kata Alfred.

"Ah, dia sedikit jengkel karena dokter Arden mengusirnya dari ruangan, tapi aku baik-baik saja, terima kasih. Dan kau?"

"Aku baik-baik saja, tapi orang tua PJ kehilangan akal sehatnya dan tidak ada tanda-tanda kesembuhan."

"Apakah mereka memanggil dokter kembali?" Alfred bertanya.

"Tidak. Dia memberi mereka harapan, tapi tidak lebih dari itu, kebanyakan dia akan sadar. Tapi saya khawatir dia salah." Dia berhenti, sedikit tersipu.

"Oh, satu hal lagi, saat aku memegang tangannya." Dia memelototi mereka berdua. "Dia, saya tidak yakin apakah saya membayangkannya, atau dia benar-benar melakukannya - tapi saya pikir dia meremasnya."

"Eh, terima kasih sudah menemaninya. Kita harus bergantian dengan orang tuanya, jadi tidak ada yang terlalu lelah. Kamu bisa pulang sekarang dan habiskan waktu bersama ibumu. Dia mungkin bertanya-tanya tentang kamu." Tidak mungkin dia akan menyebutkan genggaman tangannya.

"Aku akan pergi kalau kamu sudah selesai," kata Lia sambil berjalan menuju kamar PJ.

Alfred, Lia, dan E-Z kini hanya berdua dengan PJ.

"Aku bermimpi aneh semalam. PJ, Arden, dan aku sedang merayakan ulang tahunku yang ketujuh - tapi kejadiannya tidak seperti biasanya. Mereka mencoba berkomunikasi dengan saya melalui sebuah acara yang kami lakukan bersama, tetapi saya tidak yakin apa yang ingin mereka katakan."

"Ceritakan mimpimu," kata Alfred. "Dan jangan tinggalkan apa pun."

"Ya, ceritakan kepada kami dan kami akan melihat apakah kami dapat membantu Anda untuk menafsirkannya."

"Yah, awalnya normal. Semuanya berjalan normal pada hari itu, sampai Arden melupakan topi bisbolnya dan kami bertiga kembali untuk mengambilnya."

"Jadi, dia tidak kehilangan topi baseballnya di pesta yang sebenarnya?"

"Tidak, dia tidak menghilangkannya. Bahkan, dia sangat terobsesi dengan topi itu, kami sering menggodanya hingga topi itu menempel di kepalanya. Jadi, ini adalah bagian penting dari mimpi itu. Dan di sana kami berjalan kembali ke area permainan dan lorong itu tampak jauh lebih panjang daripada saat kami meninggalkannya.

Kami berjalan untuk waktu yang lama. Mengobrol seperti yang biasa kami lakukan. Kami tidak menyadarinya pada awalnya, kami telah berjalan cukup lama. Arden mempertimbangkan untuk meninggalkan topi itu di tempatnya karena untuk sampai ke sana membutuhkan waktu yang sangat lama, tetapi kami memutuskan untuk mengambilnya. Dia mengatakan bahwa topi itu memiliki nilai sentimental baginya."

"Menarik," kata Lia. "Apakah kamu tahu mengapa dia sangat menyukai topi itu?"

"Dia memakainya sepanjang waktu karena dia menyukai tim. Saya tidak pernah tahu ada keterikatan sentimental dalam kehidupan nyata selain dengan tim itu sendiri. Dan di dalam mimpi, pada saat itu, tidak sampai dia mengatakannya. Jadi, kemudian lorong tersebut melebar dan kami berada di sebuah ruangan besar yang lapang, seperti auditorium. Di tengah ruangan itu ada sebuah guillotine yang sangat besar."

"Apa! Aneh sekali!" Alfred berkata.

"Agak menakutkan," kata Lia.

"Masih ada lagi. Di bagian atas, di atas mata pisau itu ada topi Arden dan di bawahnya ada tanda yang berbunyi: Kepala mengarah ke sini."

Lia dan Alfred terkesiap.

"Arden bilang dia tidak tertarik lagi dengan topi itu. Dan saat itulah hari menjadi gelap dan kami mendengar langkah kaki yang berat menuju ke arah kami. Sepatu bot. Suara rantai atau baju besi. Kemudian lampu kembali menyala dan seorang pria masuk dengan tudung di atas kepalanya. Dia pergi ke guillotine dan mengasah pisaunya, satu demi satu."

"Lalu apa?" Alfred bertanya.

"Kemudian sebuah layar komputer muncul dengan tulisan LOADING dan gambar mereka berdua muncul. Mereka mengucapkan dua kata:

"PERINGATI MEREKA."

"Lalu apa?" Alfred bertanya lagi.

"Lalu Paman Sam membangunkan saya dan bertanya apakah saya tahu di mana Lia."

"Itu tidak banyak," kata Lia, "Apakah dia menyukai topi itu? Dan siapa yang harus diperingatkan?"

"Tim favorit Arden dulu dan sampai sekarang adalah Boston Red Sox. Topi itu adalah hadiah baginya - asli - dia tidak akan pernah meninggalkannya, apa pun yang terjadi. Namun, dia mempertimbangkan untuk meninggalkannya dalam mimpi setidaknya dua kali."

"Namun, dia tidak cukup tertarik untuk menjulurkan kepalanya ke dalam guillotine untuk mendapatkannya," kata Alfred.

"Siapa yang mau!" Lia bertanya.

"Aku berharap kita bisa menggunakan komputer Arden. Aku yakin ada petunjuk di sana. Aku yakin dia punya file, sesuatu yang tersembunyi yang bisa kutemukan. Mungkin itu maksud dari mimpinya. Dan mengapa dia memberiku petunjuk."

Lia mencari tahu arti mimpi dengan guillotine di telepon genggamnya secara online. "Dikatakan bahwa hal itu melambangkan rasa takut atau cemas. Dikucilkan atau merasa malu akan sesuatu."

"Saya rasa saya punya ide," kata E-Z sambil menelusuri daftar kontak di ponselnya.

"Tunggu sebentar," kata Alfred, "hubungi Sam."

"Kau benar, mungkin aku harus membicarakannya terlebih dahulu dengannya." Dia menelepon Sam dengan cepat, menjelaskan situasinya. Sam berkata bahwa dia akan segera ke rumah Arden dan mereka akan menemuinya di sana.

"Semuanya baik-baik saja di sini?" Ibu PJ bertanya. "Apakah Anda ingin minum atau apa pun?"

"Tidak, terima kasih, tapi Paman Sam akan pergi ke rumah Arden dan kita akan menemuinya di sana. Kita akan melihat komputer Arden, mencari tahu apa yang terakhir dia lakukan. Sayang sekali komputer PJ sudah tidak berfungsi."

"Itu ide yang cerdas. Kami dengar orang tua Arden juga memanggil dokter, apa dia bisa membantu?"

"Tidak, dia tidak membantu."

"Kami akan terus mengabari kamu jika kami mendengar sesuatu," kata Lia sambil meraba kening PJ.

"Kamu anak yang baik," kata ibu PJ. Kemudian dia meninggalkan ruangan, sambil menahan air mata.

Ketika mereka tiba di rumah Arden, Sam sudah menunggu di luar. Dia membawa laptopnya, dan sebuah tas yang penuh dengan peralatan komputer, dan beberapa barang lainnya.

Bersama-sama mereka masuk ke dalam rumah, di mana Sam menyiapkan komputernya sendiri di dekatnya, sebuah laptop, dan mencolokkannya ke sisi lain ruangan, lalu melihat-lihat pengaturan Arden. Komputer itu langsung dicolokkan ke stopkontak di dinding. Tanpa bilah daya pelindung untuk lonjakan listrik yang tidak terduga. Untung saja dia selalu membawanya di dalam tasnya.

Setelah mengamankan pengaman listrik, dia mencolokkan komputer Arden ke dalamnya. Mereka menunggu - dan tidak ada yang terjadi. Menganggapnya sebagai pertanda baik, dia menekan tombol power, dan komputer Arden langsung hidup. Sebuah kata sandi diperlukan. Sebuah kata sandi yang tidak ada satupun dari mereka yang tahu.

"Ada tebakan?" Sam bertanya.

E-Z mengetik Boston Red Sox. Dia mencoba nama tengah Arden, yaitu Daniel. Tak berhasil.

"Coba guillotine," saran Alfred.

"Bingo!" E-Z berkata, sekarang yang harus dia lakukan adalah mencari sejarahnya.

"Biar aku saja," kata Sam, sambil mengklik pengaturan, mencari sesuatu yang tidak biasa. Tidak ada sesuatu yang luar biasa.

"Apa hal terakhir yang dia lakukan? Apakah dia sedang bermain game?" E-Z bertanya.

Saat Sam mengklik untuk mencari tahu, bar lonjakan tanpa lonjakan terbakar. Paman Sam berlari untuk memadamkan api, dan ketika dia kembali, E-Z sudah membekapnya dengan selimut. "Pemikiran yang bagus," katanya.

"Saya harap ibunya Arden juga berpikir demikian!"

"Ambil hard drive-nya!" Sam berkata, yang dia lakukan sebelum digoreng. "Sekarang kita bawa ini, dan kita lihat apa yang bisa kita lihat."

BAB 7

DISKUSI

Saat mereka dalam perjalanan pulang ke rumah, E-Z masih memikirkan pesan "Peringatkan mereka". Mungkinkah hal itu lebih dari sekadar mimpi?

"Aku ingin tahu," katanya.

"Tentang apa?" Sam bertanya.

E-Z menjelaskan tentang mimpinya dan pesan tersebut, lalu menambahkan ide barunya untuk melihat apa yang mereka pikirkan.

"PJ dan Arden mengatur segala sesuatunya di situs web agar kita bisa membuat Podcast di masa depan. Saya bertanya-tanya apakah saya harus menggunakannya, setelah kami mengetahui siapa yang harus diperingatkan. Kami yakin bisa menjangkau banyak orang."

"Itu ide yang brilian!" Sam berkata, "Tapi bukankah sebaiknya kita membangun pengikut sekarang? Jadi, ketika kita siap untuk menyampaikan peringatan itu, kita sudah memiliki beberapa pelanggan?"

"Apa yang akan saya katakan?"

"Kita pikirkan dulu," kata Lia. "Dan kami akan berada di sana di sisimu."

"Aku tidak masalah dengan melakukan beberapa pembicaraan."

Sesampainya di rumah, mereka masuk ke dalam.

BAB 8

BRANDY...

Saatpertama kali melihatnya, mereka memiliki kesamaan dalam hal musik. Dia bermain piano, lebih baik dari rata-rata tetapi tidak terlalu bagus. Guru musiknya mengatakan bahwa ia memiliki kemampuan alami - apa pun artinya. Tapi dia hanya bisa memainkan lagu-lagu yang memiliki arti baginya. Kemudian dia akan mengingatnya dan bisa langsung memainkannya. Namun, memaksanya untuk memainkan sesuatu yang tidak disukainya membuatnya benci mengikuti pelajaran.

Dia tetap melakukannya. Memaksakan dirinya bahkan ketika dia membencinya. Berharap dia bisa berpura-pura masuk ke dalam band sekolah.

Orang tuanya menginginkan sesuatu untuk ditunjukkan atas semua pelajaran yang telah mereka bayarkan. Mereka bersikeras agar ia mencoba bermain di band - untuk lebih terlibat dalam kegiatan sekolah.

"Ini akan terlihat bagus di aplikasi perguruan tinggi," kata ayahnya.

"Lakukan yang terbaik, hanya itu yang kami minta. Berikan yang terbaik!" kata ibunya.

Namun, audisi SMA tahun ini dipenuhi dengan anak-anak berbakat. Seorang pemain drum pria berbakat sudah berada di atas panggung untuk tampil ketika dia memasuki auditorium.

Dengan telapak tangan yang berkeringat dan jantung yang berdebar-debar, ia bergerak di sepanjang barisan. Barisan siswa dan guru bertepuk tangan dan menepuk-nepuk jari kaki mereka. Dia bisa merasakan lantai berdenyut dengan setiap ketukan.

Seperti sebuah robot, dia terus berjalan di sepanjang tepi auditorium, sampai dia berada sedekat mungkin dengan panggung.

Sekarang dia menyelinap keluar dari pintu, menuju ke belakang panggung. Berdiri bersama para penampil lain di dek dan bertepuk tangan seperti dia selalu ada di sana.

Itu adalah rencana yang brilian. Semua orang telah begitu terlibat dalam audisinya, mereka bahkan tidak menyadari bahwa dia telah memotong antrean.

"Siapa dia?" bisiknya pada gadis di depannya dalam antrean.

"Ssstt!" jawab para penampil lain yang sedang menunggu.

Dia terus menabuh drum, mengenakan denim, dengan rambut pirangnya yang tergerai dan memantul. Kemudian dia mendekat ke mikrofon dan suaranya yang merdu dan dalam mengikuti irama.

Dia mendorong sedikit lebih dekat, dan saat dia melakukannya, dia merasakan rasa gatal yang belum pernah ada sebelumnya. Di telapak tangan, lengan, dan kakinya. Dia menggaruk dan tidak menemukan kelegaan. Malah, itu menjadi lebih buruk dan segera kulitnya seperti terbakar. Kemudian nafasnya memburuk dan detak jantungnya melambat.

"Tenangkan dirimu," bisiknya dengan suara keras dan di dalam kepalanya.

Itu adalah hal terakhir yang dia ingat sebelum dia terbangun di dalam kendaraan yang sedang melaju.

BAB 9

TENTANG BRANDY...

Kendaraan itu melaju kencang di jalan raya. Dia berada di kursi belakang. Mobil siapa yang dia tumpangi? Itu bukan kendaraan yang dia kenali.

Dia mencoba untuk duduk; kepalanya terasa sakit - seperti ada kereta api yang melewatinya. Dia memejamkan matanya sejenak dan mendengarkan, mencoba mencari tahu bagaimana dia bisa sampai di sana. Mobil itu sendiri berbau lucu, baru, dan tua pada saat yang bersamaan.

PFFT.

Ventilasi mengeluarkan bau yang membuat perutnya mulas, dan dia muntah.

"Hei, lihat interiornya," kata sebuah suara pria. "Ini kulit, yang asli." Teleponnya berdering dan dia berbicara melalui mikrofon di pelindungnya. "Ya, kami akan segera ke sana," katanya. Dia memutuskan sambungan telepon dan menyalakan radio.

Tangannya diikat, bukan di belakangnya seperti yang dia lihat di film-film, tetapi di depannya, tepat di atas sabuk pengaman. "Saya ingin pulang!"

"Segera," jawab suara pria itu diiringi lantunan lagu Drake.

Setelah menempuh perjalanan yang ia kira sekitar tiga puluh menit, ia berhenti di sebuah pom bensin. Dia mengunci wanita itu di dalam, lalu membanting pintu di belakangnya dan meninggalkannya sendirian tanpa mengucapkan sepatah kata pun.

Dia melihat ke luar jendela dan berusaha keras untuk tidak muntah lagi. Penculiknya atau penculiknya, entah siapa pun yang masuk ke dalam. Dia berharap dia bukan penculik yang berencana meminta uang tebusan. Orangtuanya tidak punya uang untuk membiayai kepulangannya. Dia fokus pada saat itu, menyadari bahwa pintu-pintu tidak memiliki pegangan dan tombol-tombol untuk membuka jendela tidak berfungsi.

Di sisi lain mobil yang sedang memompa bensin, dia melihat seorang pria.

"TOLONG!" teriaknya, mengerahkan seluruh kemampuannya. Dia tahu bahwa ini mungkin satu-satunya kesempatan baginya.

Ketika pria itu tidak merespon, dia memukulkan tangannya yang terikat ke jendela yang tertutup. Sulit untuk mengeluarkan suara di dalam mobil yang sempit ini. Dia menoleh ke belakang dan penculiknya kembali ke mobil sambil membawa sekaleng minuman ringan dan dua batang cokelat. Ketika dia berada di belakang kemudi, dia melemparkan sebatang cokelat dari bahunya ke arahnya. Dia tidak bisa menangkapnya, dia benci makanan seperti itu, apalagi dia baru saja muntah.

"Saya haus," katanya.

"Apa yang Anda inginkan?" tanyanya, lalu masuk ke dalam, dan segera keluar dengan sebotol air.

Dia membuka tutup botol dan memberikannya ke tangan wanita itu. Meskipun tangannya terikat, setelah beberapa kali mencoba, ia berhasil memasukkan air ke dalam mulutnya. Bagian depan kaosnya meneteskan air. Dia tidak keberatan, karena air itu menghilangkan sebagian bau pesingnya.

"Terima kasih," katanya.

Beberapa saat kemudian, mereka kembali ke jalan raya lagi. Dia melaju dengan cepat, pindah ke jalur cepat dan sabuk pengamannya terlepas. Dia terjungkal di bagian belakang mobil, seperti sebuah dadu yang menggelinding tanpa arah.

"Hentikan itu, dasar orang gila!" kata pria itu, saat dia berusaha memasang kembali sabuk pengaman dengan tangan terikat.

Ban mobil itu pecah saat pengemudi berpindah jalur secara sembrono. Pengemudi lain menginjak rem, untuk menghindari pria itu. Kemudian dia menuju ke jalan keluar. Dia menginjak rem, berhenti. Keluar dari kursi depan, membuka pintu belakang.

Dia sudah siap dengan kaki mengarah ke arahnya dan menghantamnya dengan sekuat tenaga dalam satu tendangan dua kaki. Dia jatuh ke tanah dan dia keluar dari mobil, berlari dengan liar ketika sebuah mobil menabraknya, lalu mobil lain, lalu mobil lain.

Dia kembali masuk ke dalam mobil dan melaju.

"Gadis bodoh!" serunya.

BAB 10

KENANGAN BRANDY

"Terjadi lagi, ya?" tanya ibunya, sambil membantu Brandy keluar dari troli belanjaan. "Apa yang terjadi kali ini?"

"Maaf, Bu," kata remaja itu sambil membungkuk untuk mengikat sepatunya. Tangannya terasa begitu nyaman, sekarang tidak terikat lagi.

Ibunya membungkuk dan berbisik, "Apakah sama seperti yang lain? Apakah kamu pingsan?"

Dia berdiri, melihat ke arah pintu.

"Katakan padaku," kata ibunya, memindahkan putrinya ke depannya sehingga mereka berdekatan dan tidak ada orang lain yang bisa mendengar. Selain itu, tidak ada orang lain di lorong mereka.

"Saya sedang berada di sekolah, di tempat audisi. Seorang anak laki-laki bermain solo drum dan bernyanyi. Dia benar-benar luar biasa."

"Dan melamun juga, bukan?" tanya ibunya.

Ia merasakan pipinya menjadi panas. "Jantung saya berdegup kencang, berpacu dan telapak tangan saya berkeringat dan saya merasa lucu. Hal berikutnya yang saya tahu, saya diikat di belakang kendaraan yang sedang melaju!"

"Diikat? Di dalam mobil? Mobil siapa? Siapa yang mengemudikannya? Mau dibawa ke mana kamu?"

"Saya tidak mengenali mobilnya, atau pengemudinya. Dia sedang berbicara dengan seseorang, menggunakan salah satu mikrofon bebas genggam. Dia adalah pengemudi yang baik sampai dia masuk ke jalan raya. Kemudian dia menyetir seperti orang gila dan saya berpura-pura sabuk pengamannya terlepas. Ketika dia keluar dari jalan dan berhenti, saya menendangnya dengan sangat keras hingga dia terjatuh dan saya melarikan diri."

"Syukurlah Anda berhasil lolos. Apakah ada orang yang berhenti untuk menolong Anda? Saya harap Anda memiliki nomor telepon mereka, jadi saya bisa menelepon dan berterima kasih kepada mereka."

Brandy tidak berbicara, karena dia mengingat mobil-mobil itu, satu, dua, tiga saat mereka menabraknya, dan dia meninggal. Lagi. Dan berakhir di toko kelontong bersama ibunya, lagi.

"Bicaralah padaku," kata ibu Brandy.

"Saya meninggal - lagi," kata Brandy, "dan berakhir di sini. Lagi."

Dia duduk di lantai, atau lebih tepatnya lututnya lemas dan dia jatuh berlutut. Ibunya mengikuti, seperti kartu domino.

Mereka duduk bersama, berpegangan tangan tanpa berbicara.

BAB 11

BRANDY LALU...

"Cepatlah, Brandy!" itulah yang dikatakan ibunya terakhir kali. Terakhir kali putri satu-satunya meninggal - dan dibangkitkan.

Ketika kebanyakan orang tua harus pergi ke toko kelontong dengan membawa anak-anak mereka - mereka tidak bisa keluar dari sana dengan cepat.

Brandy bukan salah satu dari anak-anak itu. Dia lebih suka ke toko daripada ke taman, olahraga - hampir semua aktivitas. Membawanya berbelanja adalah satu-satunya cara untuk membawanya keluar rumah.

Itu bukan sepenuhnya kesalahan Brandy. Dia terlahir dengan kondisi jantung yang langka. Yang menurut mereka, dia akan tumbuh dengan baik. Jadi, berlari dan bermain dengan anak-anak lain bukanlah pilihan baginya.

Akibatnya, ia tumbuh menjadi anak yang menyukai mal, tetapi yang paling disukainya adalah toko kelontong. Dan keadaan di lorong-lorong makanan selalu tenang. Kecuali pada satu waktu ketika mereka membagikan DVD gratis. Brandy menjadi sangat bersemangat sampai-sampai dia tidak bisa bernapas, dan mereka harus melarikannya ke rumah sakit.

Saat itu dia berusia tiga tahun.

BAB 12

BRANDY SEKARANG...

Setelahputrinya berusia empat belas tahun, hal itu semakin jarang terjadi. Namun, ia tetap bertanya-tanya apa yang akan terjadi ketika ia sudah terlalu besar untuk masuk ke dalam keranjang belanjaan.

"Mengapa di sini, menurut Anda?" Ibu Brandy bertanya, "Mengapa selalu hanya kamu dan aku dan di sini?"

"Aku tidak tahu Bu, tapi aku tahu satu hal. Aku ingin berbelanja. Aku ingin membeli makanan dan minuman dan, aku akan pergi. Kamu tinggal di sini saja, aku akan kembali sebentar lagi. Ini, mainkan Solitaire di ponselmu. Itu akan menenangkan saraf Anda dan berbelanja akan menenangkan saraf saya."

Wanita itu duduk di lantai, saat gerobak datang dan pergi dengan memfokuskan seluruh perhatiannya pada permainan Solitaire. Putrinya sangat mengenalnya. Namun, yang ia coba untuk tidak khawatirkan adalah seberapa banyak - atau seberapa sedikit - yang harus ia ceritakan kepada suaminya. Dia belum memberitahukannya terakhir kali, ketika putrinya meninggal atau waktu sebelumnya, atau waktu sebelumnya. Dia hanya mengatakan kepadanya bahwa mereka pergi berbelanja dan itu membuat stres.

"Saya siap," kata Brandy, saat itu ia masih kecil dengan tangan penuh sereal dan kue tar.

Mereka kemudian menuju ke antrean kasir swalayan.

"Biar aku saja, Bu!"

Itulah yang selalu dikatakan Brandy. Dia senang sekali melihat petugas kasir memindai setiap barang. Dan semoga saja mereka tidak salah memindai.

Brandy dan ibunya yang sudah selesai berbelanja kembali ke mobil. Brandy duduk di depan dan memasang sabuk pengaman. Mereka pun melaju, hanya berhenti sebentar di drive-through untuk membeli dua buah sundae panas.

"Kita mendapatkan penawaran yang sangat bagus hari ini," kata Brandy saat itu dan dia mengatakannya lagi sekarang.

"Saya tahu Anda memang suka, tapi saya masih ingin mendengar lebih banyak tentang kejadian hari ini. Apakah kamu bisa mengingat hal lain tentang apa yang terjadi? Kamu pasti ketakutan, sendirian di dalam mobil dengan orang asing? Yang saya tidak mengerti adalah, bagaimana hal ini bisa terjadi. Apakah kejadian ini berbeda dengan yang lainnya? Kamu bilang satu menit kamu berada di audisi band sekolah dan menit berikutnya kamu berada di dalam mobil?"

"Ya, saya sedang menunggu giliran untuk tampil, bersama murid-murid lainnya. Kami semua mendengarkan seorang anak laki-laki bermain drum. Dia luar biasa, bernyanyi dan bermain. Saya sudah hampir sampai di barisan depan ketika, ZAP, saya hilang."

"Oh, saya tidak suka suara ZAP itu."

"Begitulah yang terjadi, Bu. Pertama tangan saya gatal, lalu kaki saya, lengan saya."

"Kamu tidak bercerita tentang rasa gatal itu sebelumnya?"

"Itu terjadi. Biasanya, saya menenangkan diri. Kali ini tidak ada yang berhasil dan, yah, Anda tahu, kata Z."

"Saya harus bertanya, tapi apakah menurut Anda mungkin ini terjadi karena Anda ingin menghindari audisi? Maksud saya audisi sendiri. Itu bukan sesuatu yang ingin kau lakukan."

Brandy mengetuk-ngetukkan jari-jarinya di lengan pintu. "Saya tidak akan masuk ke dalam mobil dengan orang asing untuk menghindari audisi," katanya.

"Baiklah sayang," kata ibunya sambil menangis. Dia telah mengatakan hal yang salah - lagi. Dia selalu mengatakan hal yang salah ketika berbicara tentang putrinya... apa yang harus dia sebut? Petualangan perjalanan putrinya.

"Tidak apa-apa, Bu."

Mereka berkendara dalam keheningan selama beberapa saat. Itu adalah keheningan yang nyaman.

"Saya ingin tahu bagaimana saya bisa membantumu," kata ibu Brandy. "Untuk lain kali..."

"Aku tahu, Bu, tapi Ibu tidak ada di sana saat itu terjadi. Aku harus bisa menanganinya sendiri."

"Apakah ada satu hal yang selalu terjadi - sebelum kamu menghilang?"

"Kuharap aku bisa mengingatnya, Bu, tapi seperti yang terakhir kali aku tidak ingat." Dia melihat ke luar jendela, lalu menyilangkan tangannya.

"Nah, saat kita di rumah, kamu bisa berlatih. Dengan begitu kamu akan lebih siap untuk audisi besok."

"Audisi itu hanya satu hari. Jadi, tidak ada kesempatan bagiku tahun ini. Selain itu, ayah tidak suka kalau saya berlatih, terutama saat dia bekerja dari rumah. Dia bilang itu membuatnya sakit kepala."

"Ayah tidak bermaksud seperti itu," katanya. "Saya akan berbicara dengannya. Lagipula, kamu ingin bermain piano, sebagai sebuah pekerjaan, bukan? Maksud saya suatu hari nanti, setelah kamu lulus. Dan saya akan menelepon guru Anda - meminta pengecualian dari peraturan itu."

"Saya ingin mendengar bagaimana percakapan itu berlangsung!" dia tertawa. "Halo, Pak Hopper, saya Ibu Brandy, dan putri saya, yah, dia pernah naik mobil yang melaju kencang dengan orang asing, lalu meninggal. Jadi, bisakah dia ikut audisi untuk Anda besok?"

"Itu kejam," kata ibunya. "Apakah kamu sudah berubah pikiran, tentang keinginanmu untuk mengejar karir di bidang musik? Tentunya, mereka membuat pengecualian untuk para siswa sepanjang waktu?"

"Mungkin memang begitu, tapi saya tidak terganggu. Bahwa saya merindukannya. Selalu ada telinga berikutnya. Selain itu, saya ingin menjadi seorang pembelanja, saya pikir itu sebabnya saya selalu kembali ke toko kelontong, atau toko pakaian. Ingatkah kamu saat itu?"

Ibunya mengangguk.

"Setelah menjadi pembelanja, pemain piano, lalu guru," kata remaja itu, sambil menyilangkan tangannya dan menggigit kukunya.

Ibunya melirik ke arahnya, "Jangan sayang. Menggigit kuku itu tidak higienis." Brandy duduk di atas tangannya. "Dengan urutan seperti itu?" kata ibunya sambil tertawa.

"Mungkin secara terbalik," Brandy menjerit saat mereka masuk ke jalan masuk. "Ayah belum pulang."

Dia menggunakan pembuka pintu garasi otomatis tanpa menjawab putrinya. Ya, suaminya terlambat lagi. Dia pulang larut malam setiap malam. Dia bilang pekerjaannya menyibukkannya, membuatnya bekerja lembur tanpa dibayar. Dia benci jika suaminya tidak pernah pulang untuk menengok

Brandy sebelum dia tidur. Setidaknya mereka sudah menyiapkan makanan ringan untuk dimakan. Dia akan menyiapkan makan malam dan mengajak Brandy tidur di kamarnya. Dengan begitu dia dan suaminya bisa makan malam bersama. Itu akan menjadi malam yang indah, hanya mereka berdua.

"Ambil tasnya," katanya.

"Oke, Bu," jawab Brandy saat mereka masuk ke dalam.

BAB 13

PEDALAMAN AUSTRALIA

Seorang anak laki-laki di Pedalaman di bagian Utara Australia, telah tinggal di dalam sebuah kotak. Dia berusia dua belas tahun ketika mereka menemukannya. Tubuhnya cacat karena dia duduk dengan punggung melengkung dan lututnya terangkat - seperti kotak. Bahkan ketika mereka membukanya dan mengeluarkannya.

Dia tidak bisa berbicara, atau tidak mau berbicara. Sampai dia mulai percaya lagi. Kemudian dia berbaring dan tubuhnya menjadi rileks.

Dia lebih menyukai suara-suara yang tenang, suara-suara yang berbisik. Suara yang keras, suara yang keras dalam bentuk apapun membuatnya takut. Dia akan gemetar dan menutup diri. Dia akan mencari, dan berteriak, "Kotak!"

Mereka menyimpannya di sana, di pojok kamar. Hingga orang-orang di Sydney mengatakan bahwa dia tidak akan pernah sembuh kecuali kotak itu dihancurkan.

Dia membantu mereka menghancurkannya, dengan palu godam, yang hampir sebesar tubuhnya. Ketika patung itu hancur menjadi kecil-kecil, matanya berputar kembali ke kepalanya dan dia pergi. Pergi. Di suatu tempat dalam pikirannya. Tak terjangkau.

Tidak ada yang tahu siapa dia. Atau dari keluarga mana dia berasal. Orang tua macam apa, yang akan mengunci anak mereka di dalam kotak, seperti binatang?

Namun, dia tidak kelaparan. Tidak untuk makanan pula. Dan dia tidak mengalami dehidrasi.

Yang berarti ada seseorang di dekatnya. Mereka menunggu, para penjaga hutan, petugas menunggu mereka kembali - tapi mereka tidak kembali. Jadi, mereka pasti tahu bahwa kotak di dalam kotak itu sudah terbuka.

Sebuah tim psikolog memasang kamera di rumah itu, sehingga mereka bisa mengawasi bocah itu dari jarak jauh dari Sydney.

Orang lain, dari seluruh dunia ingin "ikut serta" mengamati bocah itu. Beberapa menulis disertasi tentang pelecehan anak, tentang pengabaian. Mereka berjuang keras untuk bisa masuk dalam daftar teratas.

Bocah itu bergoyang-goyang tanpa mengucapkan sepatah kata pun. "Box!" adalah satu-satunya usahanya. Tapi dia tahu apa yang sedang terjadi. Dia mendengar mereka berbisik-bisik. Para jutawan yang ingin mengadopsinya. Dia tidak akan pergi kemana-mana. Dia akan tetap tinggal. Ini adalah rumahnya.

Anak laki-laki itu, yang belum pernah tidur di tempat tidur sebelumnya - atau jika pernah, dia tidak ingat - tidak ingin tidur di tempat tidur sekarang. Sebaliknya, dia menggulung dirinya menjadi bola dan tidur di sudut lantai. Dia menggunakan bantal dan selimut yang ditinggalkan untuknya. Kemewahan itu tidak tersentuh.

Sementara mereka memutuskan apa yang harus dilakukan dengan dia, seorang Suster ditunjuk. Di Australia, Suster juga disebut Perawat. Dalam beberapa kasus, seorang Suster juga seorang Suster (seorang Biarawati). Juga, seorang Suster yang adalah seorang Perawat bisa menjadi seorang frater. Jika Suster/Perawat tersebut laki-laki.

Suster/Perawat anak laki-laki adalah seorang wanita yang baik hati, yang selalu menyanggul rambutnya. Dia mengenakan seragam putih dengan sepatu yang serasi yang berdecit di setiap langkahnya.

Pertama kali suster mencoba melemparkan selimut ke atasnya, dia berteriak seperti diserang awan yang marah.

"Di sana, di sana," kata Suster. Dia menggigil, lalu mengangkat selimut itu. Dia melemparkannya ke bahunya, dan anak laki-laki itu terkesiap.

"Ini lembut," katanya.

Dia meringkuk di dalamnya. Mencium baunya.

"Sangat lembut dan hangat," dia berdecak.

Anak laki-laki itu mengulurkan tangan dan menyentuh ujung selimut. Dia mengelusnya, seperti masih berada di atas domba di tempat asalnya.

"Apakah kamu mau?" Suster bertanya.

Dia mengatakan tidak selama dua hari, lalu mengizinkannya untuk memakaikan selimut itu di pundaknya. Setelah itu ia tidur dengan anak domba itu, seolah-olah ia adalah makhluk hidup. Memeluknya seperti bayi, berbisik kepadanya. Pada akhirnya ia merasa nyaman dengan benda itu dan tidak akan membiarkan Suster mengambil atau mencucinya.

Pada pagi hari keempat kebebasan anak laki-laki itu, hewan-hewan mulai berkumpul di halaman depan properti. Pertama, seekor kanguru betina tiba. Dia melompat ke bagian bawah tangga teras, lalu duduk di atas pahanya dan mengawasi pintu. Selanjutnya, seekor burung emu datang dan melakukan hal yang sama. Kemudian datanglah seekor murai batu, kakatua dan galah. Burung-burung itu bergantian bernyanyi dan suara mereka seakan memanggil bocah itu untuk keluar dari pintu. Sebelumnya dia tidak ingin membuka pintu atau keluar dari pintu. Namun, ketika dia melihat binatang dan burung-burung itu, dia keluar tanpa ragu-ragu untuk menemui mereka.

Suster mengawasinya dari balik layar pintu depan. Dia tidak menyukai anjing, kucing, atau burung - pada kenyataannya, mereka membuatnya takut - tetapi hewan-hewan liar ini membuatnya takut. Dia akan menjelajah keluar jika diperlukan. Dia berharap mereka segera mengirim seseorang untuk menolongnya.

Anak laki-laki itu berdiri di teras dan menghirup udara. Dia membuka kedua tangannya lebar-lebar, lebih lebar, lalu mengisi paru-parunya dengan udara luar. Dia menghirupnya dengan rakus.

Suster yang berharap dia adalah putranya sendiri, melihat dadanya mengembang di dalam tubuhnya yang kecil.

Lalu hal itu terjadi.

Anak laki-laki itu mulai terangkat, seperti balon yang sedang terbang, hanya saja dia bukan balon, dan dia tidak terikat tali - dia adalah seorang anak laki-laki.

Suster berlari keluar. Dia mencintainya - dan dia semakin menjauh. Di belakangnya, pintu kasa berderak.

"TUNGGU!" teriaknya, sambil menggapai anak itu dengan jari-jarinya yang menggenggam.

Anak laki-laki itu menyelinap pergi. Kaki-kaki kecilnya terangkat. Membawanya keluar, lebih jauh. Saat ketiga burung itu membawanya, terus dan terus.

Dia meraih, tapi dia sudah terlalu jauh. Lalu, dia melihat, saat induk kanguru mengangkat matanya.

Dan anak itu turun, ke pundak induknya. Sang induk duduk di atas, dengan lengannya melingkari leher sang anak, dan ia pun melompat. Di samping mereka, seekor emu mengimbangi kecepatannya.

Sang suster, tidak tahu harus berbuat apa lagi - berlari ke dalam untuk mengambil kunci mobilnya. Dia menyalakan mesin dan mengikuti anak laki-laki itu, sampai dia tidak bisa melihatnya lagi.

Anak laki-laki yang tadinya tinggal di dalam sebuah kotak, telah diambil dari dunia manusia. Dia telah pergi ke dunia di mana para hewan merawat hewan-hewan mereka sendiri. Dan anak ini, adalah salah satu dari mereka. Dia adalah keluarga.

Dan anak itu menyanyikan lagu-lagu, dengan suara yang ia kenal dari dalam dirinya sendiri. Dan dia tertawa terbahak-bahak dan bahagia, saat dia terbawa ke tempat di dalam hatinya. Tempat di mana dia berada, tempat di mana dia selalu ditakdirkan untuk berada.

BAB 14

ANAK LAKI-LAKI SEDIH...

Di dalam hutan terlarang di Jepang, tangisan seorang anak terdengar. Burung-burung berkumpul, ikut bernyanyi, memperkuat permintaan tolong anak yang kesepian itu. Seekor burung hantu Scops tiba, membuat burung-burung lainnya takut. Dia duduk di dekatnya, menjaga dan menunggu.

Alarm mobil berbunyi. Ratapannya menenggelamkan tangisan anak itu. Dia berada di kursi bayi. Kursi yang biasanya ada di kursi belakang mobil.

"Klik, klik," dan alarm mobil berhenti, cukup lama bagi pengemudi untuk mendengar tangisan samar-samar anak itu. Dia dan suaminya bergegas masuk ke dalam hutan, di mana mereka menemukan anak yang ketakutan dan sendirian. Bersama-sama mereka menghiburnya.

Beberapa ekor burung lilin tetap berada di sana, mengawasi. Menilai situasi. Mereka mengibas-ngibaskan bulu-bulunya dan berkicau. Seolah-olah mereka sedang melaporkan penyelamatan anak itu secara langsung.

Wanita itu melepaskan ikatan anak itu. Dia memeluknya erat-erat dan mengajukan pertanyaan-pertanyaan yang masih terlalu kecil untuk dijawab. Pertanyaan seperti, "Di mana Haha-mu, Ko? Di mana Otosan-mu?" (Diterjemahkan: Di mana ibumu, Nak? Di mana ayahmu?"

Suaminya pun mencari di sekitar tempat itu. Dia memanggil-manggil. Ketika tidak ada yang menjawab, dia mencari tanda-tanda. Jejak kaki orang dewasa. Tidak ada yang ditemukan.

"Tidak ada jejak kaki," katanya sambil menggelengkan kepala tidak percaya. Baginya, hutan bukanlah tempat favoritnya. Dia lebih suka kota dan kebisingan. Dialah yang secara tidak sengaja menyalakan alarm mobil. Dia berharap istrinya ingin pergi. Dia telah menjanjikan makan siang di restoran favoritnya. Saat itulah dia mendengar suara anak itu dan berlari ke hutan.

Dia mengikuti istrinya, demi keselamatannya. Di kota, mereka menghindari daerah-daerah di mana predator bisa mengintai. Memancing orang yang tidak curiga dan percaya - seperti istrinya - ke dalam bahaya.

Hutan, hutan yang satu ini, hidup dengan suara. Hidup, dengan cahaya. Dan anak itu, mereka tidak bisa meninggalkan anak itu.

"Ayo kita pergi," katanya. "Kita akan membawanya ke rumah sakit, untuk memastikan dia baik-baik saja dan mereka dapat memeriksa dengan polisi untuk mengetahui siapa pemiliknya."

Dia memeluk anak itu di dadanya, mengusap-usap punggungnya, seperti yang dilakukan seorang ibu kepada anaknya sendiri. Dalam benaknya, anak itu adalah anaknya. Anak yang tidak pernah bisa ia miliki, telah memanggilnya dan ia datang ke hutan terlarang dan ia mengklaimnya.

"Dia milikku," katanya, pertama-tama dengan nada menantang, kemudian lebih lembut, "Maksudku, milik kita. Anak kita. Anak yang selalu kamu inginkan."

Suaminya menatap anak laki-laki itu. Dia membutuhkannya. Dan dia masih terlalu kecil, masih terlalu muda untuk mengingat apa pun sebelumnya.

Dia sudah mempercayai mereka. Tidak akan ada yang tahu, pikirnya. Namun, apakah itu benar, untuk mengambil anak ini, sebagai anak mereka sendiri?

"Tidak akan ada yang tahu," kata istrinya, seolah-olah dia telah membaca pikirannya.

Hal ini sering terjadi, setelah dua belas tahun bersama. Mereka memikirkan hal yang sama. Berbicara pada waktu yang sama. Menyelesaikan kalimat satu sama lain.

Mereka adalah pasangan yang penuh kasih dan stabil. Bersama-sama mereka memiliki banyak hal untuk diberikan kepada seorang anak. Namun, takdir tidak memberi mereka salah satu dari mereka.

Dia menyerahkan anak itu kepada suaminya dan menunggu.

Burung-burung di atas dapat melihat bagaimana tangannya bergetar. Mereka bernyanyi, menyemangatinya untuk mengambil anak itu. Membantunya untuk memutuskan bahwa anak itu sekarang menjadi milik mereka.

Dia telah mengklaimnya di dalam hati dan jiwanya. Begitu juga dengan suaminya, tetapi dia terbelah antara keegoisannya. Dia ingin melakukan hal yang benar, bukan hal yang egois.

"Maukah kamu ikut dan tinggal bersama kami?" tanyanya kepada anak itu.

Meskipun anak itu tidak menjawab, mereka bertiga berjalan kembali ke tempat parkir. Mereka menempatkan anak itu di tengah kursi belakang, jauh dari kantung udara.

Burung-burung dan burung hantu mengangguk, lalu terbang menjauh ke dalam hutan.

BAB 15

SEORANG WANITA...

Seorangwanita tua bergoyang-goyang di kursinya, maju mundur, maju mundur. Ingatannya cepat berlalu, seperti awan. Seringkali di luar jangkauan.

Kebingungan bergerak masuk. Tak lama lagi, semua yang ada di pikirannya akan berganti dengan ketiadaan.

Demensia tidak memilih korbannya sesuai dengan keinginan atau kebutuhan si penderita. Tujuannya - untuk membingungkan. Untuk mengasingkan. Untuk menghapus.

Dia telah menghadapinya, sampai suatu hari ketika semuanya menjadi kacau.

Itulah yang dia sebut sekarang, topsy-turvy. Atau T / T singkatnya. Hal lainnya sudah buruk, dan semakin memburuk. Tapi topsy-turvy berarti dia tidak gila dan lebih dari itu, itu berarti dia tidak sendirian - tidak lagi.

Di dalam pikirannya, dia melihat segalanya. Kadang-kadang terjadi dalam gerakan lambat, seperti dia menekan sebuah tombol pada remote. Kadang-kadang adegan diputar berulang-ulang, mundur, maju, berulang-ulang. Di lain waktu, ia berada di tengah-tengah kejadian, mengamati secara langsung seperti seorang reporter.

Saat pertama kali terjadi, dia takut terluka atau terbunuh. Dia telah menyaksikan beberapa hal yang mengeritingkan rambut. Namun ketika dia menyadari bahwa orang-orang di sekitarnya tidak dapat melihatnya atau mendengarnya, maka dia dapat bersantai. Kecuali para malaikat agung, mereka tahu dia ada di sana, tetapi mereka tidak membiarkan kehadirannya diketahui orang lain.

Seperti saat pikirannya terbang ke Belanda. Dia menetap di sana, mengawasi gadis kecil itu. Dia berteriak ketika anak itu kehilangan penglihatannya. Dia merasa tidak berdaya, karena dia tidak dapat melakukan apa pun selain menonton. Hal itu pun berubah, seiring berjalannya waktu.

Kemudian Lia dan E-Z berteman, dan Alfred si angsa pun bergabung. Ia memperhatikan mereka, mendengarkan. Merasa seperti anggota tim mereka yang tak terlihat dan tak terdengar. Dia melihat mereka bekerja sama dan tumbuh menjadi teman yang erat.

Lalu tiba-tiba, dia berbicara kepada Lia dalam benaknya, dan gadis kecil itu menjawab. Sebuah dunia baru terbuka bagi Rosalie.

Pada awalnya percakapan mereka agak terbatas. Meskipun ada perbedaan usia yang besar, keduanya memiliki beberapa kesamaan. Seperti kecintaan mereka pada balet.

Sejak para malaikat agung mengubah peraturan, Rosalie lebih sering mengawasi The Three. Namun, pertukaran ini tidak cukup untuk menantang pikirannya, untuk membuat pikirannya sibuk.

Saat itulah Rosalie menemukan The Others. Anak-anak, dengan kemampuan unik di belahan dunia lain - dan dia bisa berbicara dengan mereka.

Pertama ada Brandy, seorang remaja yang tinggal di Amerika Serikat. Kemudian ada komunikasi dari Lachie, yang juga dikenal sebagai The Boy in the Box. Yang ketiga adalah Haruto, yang tinggal di Jepang. Haruto adalah yang termuda di antara mereka. Ketiga anak tersebut memiliki kemampuan. Dan dia adalah satu-satunya penghubung.

Untuk saat ini, Lia hanya menghubungkannya dengan Alfred dan E-Z, tapi sebentar lagi dia harus memberitahu mereka semua tentang yang lain.

Rosalie gemetar saat para petugas datang membawa makanannya. Jeli merah. Kesukaannya. Ia memakannya terlebih dahulu setelah menuangkan krim di atasnya. Krim yang seharusnya dimasukkan ke dalam kopinya.

Dalam hati ia mengucapkan terima kasih kepada gadis yang mengantarkan makanannya, karena Rosalie tidak bisa berbicara. Ia tidak dapat berbicara. Satu-satunya cara untuk berkomunikasi adalah melalui pikirannya...

Memanggil The Three untuk mengunjunginya di Panti Jompo sepertinya bukan hal yang tepat untuk dilakukan. Untuk saat ini, ia akan membiarkan Lia merahasiakannya, dan ia akan membuat catatan tentang Brandy, Lachie, dan Haruto dan memasukkannya ke dalam sebuah buku.

Dia harus menyembunyikannya, dari para malaikat. Dia akan menyimpan file rahasia. Dia tidak akan kehilangan jejak anak-anak ini, apapun yang terjadi.

"OH!" serunya, merogoh laci atas meja malam di samping tempat tidurnya. Ia teringat akan sebuah hadiah. Sebuah buku catatan, di bagian depan bertuliskan, "Selamat Ulang Tahun!"

Dia mencoret-coret beberapa halaman pertama. Tidak ada kata-kata yang berarti, sampai ia sampai di halaman ketiga belas. Tiga belas baginya selalu menjadi angka keberuntungan, ia mulai menulis tentang Brandy, Haruto dan Lachie. Ada begitu banyak yang harus ditulis. Ketika tangannya terasa sakit, ia berhenti, meregangkannya sebentar, lalu kembali menulis.

Rosalie bertanya-tanya apakah ada anak-anak lain selain ketiga anak baru ini. Jika ia menunggu beberapa saat, mereka mungkin akan berbicara dengannya juga. Akan lebih baik jika ia menceritakan rahasianya, ketika semua anak telah mengungkapkan diri mereka sendiri.

Rosalie sangat berhati-hati, untuk tidak menulis "Rahasia" atau "Pribadi" di bagian luar buku. Dan dia senang buku itu tidak dilengkapi dengan kunci. Ketiga hal itu akan membuat siapa pun yang melihat buku catatan itu ingin membacanya. Mereka akan penasaran, seperti seekor kucing. Ada banyak orang seusianya yang penasaran. Tapi mereka tidak akan mau membaca setelah melihat tiga belas halaman pertama yang berantakan.

Dia membolak-balik sampai akhir buku. Rosalie mengisi tiga belas halaman terakhir dengan tulisan tangan yang lebih berantakan lagi. Kemudian memasukkan buku dan pulpennya kembali ke dalam laci dan menutupnya.

Dia tersenyum, bersandar di bantal, dan menyandarkan lengannya sambil memikirkan makan malam. Sebagian besar makanan penutup.

BAB 16

DI MANA ANDA AKAN BERDIRI?

Ada satu dunia tempat kita hidup, sebuah dunia yang dipenuhi oleh orang-orang baik dan jahat. Dunia yang dikendalikan oleh manusia, yang memiliki kekurangan dan ketidaksempurnaan. Manusia yang bukan robot... Tidak diprogram untuk menjadi baik atau buruk.

Kita mempelajari hidup kita, dari apa yang kita lihat, apa yang kita perhatikan, apa yang kita pelajari, dan menjadi apa kita.

Kita belajar dari dasar-dasar yang telah diletakkan untuk kita. Ketika kita tumbuh dan memperluas wawasan kita, pilihan harus dibuat.

Terserah kita untuk menerapkan pengetahuan yang telah dipelajari. Untuk memilih antara yang salah dan yang benar.

Selama berabad-abad, orang-orang hebat telah tertipu. Orang-orang hebat dan berkuasa. Bahkan orang dewasa.

Terkadang keputusan itu mudah. Tanpa area abu-abu. Terkadang ada kekuatan di luar kendali kita, menuntun kita. Orang lain mendorong kita untuk mengikuti kode etik mereka. Kadang-kadang ada elemen yang tidak terduga.

Katakanlah kita sedang berada di sebuah jalan, dan seseorang memasang penghalang jalan. Kita bisa menurunkannya atau berhenti dan menunggu orang tersebut memindahkannya. Kita bisa memilih.

Hidup adalah tentang pilihan. Pilihan yang kita buat dapat menuntun kita seumur hidup. Kita mengikuti jalan itu, dengan batu bata yang ditata dari keputusan-keputusan baik kita.

Atau kita bisa membiarkan diri kita disesatkan. Tertipu. Tertipu untuk melawan apa yang kita tahu benar.

Ketika hal itu terjadi, semuanya bisa runtuh - seperti kartu domino.

Dan akan ada konsekuensi atas tindakan kita - atau kelambanan kita. Tidak hanya untuk diri kita sendiri. Apa yang kita lakukan akan mempengaruhi orang lain.

Dan pada akhirnya, setelah kita mati, kita semua akan ditangkap dan digendong oleh Penangkap Jiwa kita.

Kemurkaan - tiga dewi jahat - mengambil alih kendali atas para penangkap jiwa.

Penangkap Jiwa semakin dibajak.

Jiwa-jiwa beterbangan tanpa rumah.

Jiwa-jiwa tunawisma.

Kekacauan ada di depan mata.

Di mana Anda akan berdiri?

BAB 17

ROSALIE DI RUANG PUTIH

Rosalie membuka matanya. Saat itu adalah waktu makan dan dia telah meminta nampan sarapan. Kamarnya berada di jalan menuju ruang makan. Saat mereka membawa makanan ke sana, dia mencium bau daging asap. Itu akan membuat mulutnya berair. Dan kopi. Dia menunggu gilirannya. Dia tidak punya pilihan selain menunggu giliran.

Dia tahu bahwa mereka lebih suka memberi makan para penghuni di ruang makan. Dia memahami perlunya berpegang teguh pada jadwal. Namun, dia tahu mereka akan mengatasinya - pada akhirnya. Mereka selalu melakukannya di panti jompo tempat dia tinggal.

Ia melihat burung kardinal di pohon di luar jendelanya dan berpikir untuk bangun dari tempat tidurnya, untuk melihat lebih dekat. Tapi ketika dia melempar kembali selimutnya, dan turun ke karpet - dia merasa lucu. Fuzzy.

Dan mendarat di Ruang Putih.

Tidak ada yang berubah sejak E-Z berada di sana. Dan tidak butuh waktu lama bagi Rosalie untuk menemukan kakinya dan mulai menjelajah.

Saat dia menjalankan jari-jarinya di sepanjang rak buku, dia merasakan déjà vu. Apakah dia pernah ke ruangan ini sebelumnya?

Dia bergerak ke tengah ruangan, dan berbalik. Rak-rak buku itu terus berjalan. Sejauh mata memandang. Ketinggiannya membuat dia merasa pusing dan dia ingin sekali duduk dan mengatur napas.

BINGO

Sebuah kursi yang nyaman muncul, dan dia duduk di kursi itu. Dia bersandar, lalu menyadari bahwa kursi itu beroda dan bisa berputar, dia memutarnya. Dan memutarnya. Lalu dia memejamkan mata dan beristirahat. Untung saja dia belum sarapan karena perutnya agak mual ketika di atasnya ada sesuatu yang bergerak.

Atau dia hanya membayangkannya.

"Kamu di sana!" teriaknya, menunjuk ke arah yang tidak ada dan tidak ada. "Saya melihat kamu bergerak, kamu, kamu kecil... apa pun itu, keluarlah, keluarlah," bujuknya.

Memutuskan bahwa ia telah membayangkannya; ia kembali menyelidiki sekelilingnya. Dan bertanya-tanya bagaimana dia bisa berada di tempat ini.

"Apakah saya kembali ke kamar saya, membayangkan diri saya berada di tempat ini?" Dia menggunakan kukunya untuk menggali lengan kursi. Dia memperhatikan bagaimana kukunya menggoreskan bekas pada permukaan kulit. Bekas goresan itu hanya goresan ringan, cukup ringan untuk dihilangkan dengan sedikit gosokan. Bagaimanapun juga, dia adalah seorang tamu, dan tamu harus selalu menjaga tempat yang mereka kunjungi. Kalau tidak, mereka tidak akan diminta kembali lagi.

Di atasnya, sesuatu bergerak lagi. Kali ini disertai dengan suara kepakan sayap. Apakah seekor burung terjebak di atas sana, tidak bisa keluar?

"Aku datang, si kecil," katanya, berdiri dan berjalan menuju tangga.

Struktur kayu itu, seperti dapat membaca pikirannya, meluncur di lantai dan berhenti di kakinya.

"Naiklah!" katanya.

Rosalie melakukannya, dan baru setelah benda itu bergerak sendiri, ia menyadari bahwa benda itu telah berbicara padanya.

"Eh, terima kasih," katanya, saat makhluk itu berhenti.

"Sama-sama," kata tangga itu. "Ada buku yang Anda cari secara khusus?"

Rosalie tertawa. "Saya pikir saya mendengar seekor burung. Ssst."

Tangga itu tertawa. "Tidak ada burung di sini, Nyonya. Suara yang Anda dengar berasal dari buku-buku."

"Buku-buku bersayap?" 'Ya,' jawab tangga itu. Lalu, "Kamu yang di sana! Kemarilah!"

Rosalie melihat sebuah buku hitam tebal mendorong dirinya sendiri ke tepi rak. Kemudian sayap-sayap tumbuh dari bagian depan dan belakangnya. Ia terbang dan mendarat di tangan Rosalie.

"Astaga!" katanya sambil melihat punggung buku itu. "Sepertinya aku sudah pernah membaca yang ini."

DWOING.

Buku itu terlepas dari tangannya dan kembali ke posisi semula di rak.

"Maafkan saya," kata Rosalie. Lalu menuju tangga, "Kuharap aku tidak menyinggung perasaan Tuan Dickens."

"Jika Anda sudah selesai dengan saya sekarang," kata tangga itu, "Bolehkah saya sarankan Anda turun?"

"Saya minta maaf karena telah membuang-buang waktu Anda," katanya.

"Anda tidak menyia-nyiakannya. Saya senang bisa membantu Anda."

Rosalie melangkah turun dan tangga itu melaju ke sisi lain ruangan.

Rosalie meraba dahinya, tidak, dia tidak demam. Kadar gula darahnya pasti turun terlalu rendah. Dan sekarang dia tidak akan bisa makan, tidak selama berjam-jam. Dan si pencuri Agnes Lindsay akan mencuri sarapannya. Dia akan menyelinap ke kamarnya dan memakan semuanya. Ketika pelayan kembali untuk mengambil nampan, mereka akan mengira Rosalie yang memakannya. Rosalie dan Agnes adalah musuh bebuyutan.

Untuk mengalihkan pikirannya dari perutnya yang keroncongan, Rosalie fokus pada buku. Satu buku khususnya. Sebuah buku yang ia suka baca berulang kali ketika ia masih kecil. Buku itu berjudul Anne of Green Gables, karya ... Dia tidak ingat nama penulisnya.

"Lucy Maud Montgomery," kata tangga itu, sambil melaju ke sisinya. "Naiklah," katanya.

"Ah, terima kasih atas tawarannya, tapi saya terlalu lapar, dan mungkin terlalu pusing untuk memanjat Anda."

"Duduklah," kata tangga itu, "Di sana." Kemudian tangga itu bersiul dan di atas rak-rak, sebuah buku bergerak maju. Buku itu menumbuhkan sayap di bagian depan dan belakangnya, dan terbang ke tangan Rosalie. Ia memeluk buku itu ke dadanya.

"Terima kasih," katanya.

"Apakah itu saja?" tanya si anak tangga.

"Ya, kecuali jika Anda memiliki kacamata baca tambahan yang tersembunyi di suatu tempat di ruangan ini."

BINGO.

Kacamatanya muncul dan terpasang dengan sempurna di hidungnya.

Tangga itu kembali ke posisi semula.

Pergelangan kaki Rosalie terasa sakit.

BINGO.

Sebuah berdiri muncul di bawah kakinya.

Dia membuka buku itu. Di dalamnya terdapat sebuah sketsa dari penulis buku itu, Anne Shirley. Ia mengusapkan jarinya di sepanjang garis rambut merah gadis yatim piatu itu.

Anne mengedipkan matanya pada Rosalie. Rosalie mengedipkan mata, lalu tersenyum sebagai balasannya. Ia pernah mendengar tentang buku interaktif sebelumnya, tapi yang satu ini benar-benar menggunakan biskuit!

Dengan tangan gemetar, ia membuka peta Kanada, matanya mengikuti tanda panah yang mengarah ke Pulau Pangeran Edward. Dalam benaknya, ia berjalan sejauh itu - tiba di Green Gables. Di luar rumah ada keluarga Cuthbert. Menunggu Anne.

Dia membalik halaman dan mulai membaca. Tertawa sambil membaca setiap kesulitan yang dialami Anne.

Kemudian perut Rosalie keroncongan, dan dia berharap sesuatu yang sangat tidak enak untuk disantap. Salad Jell-o. Sesuatu yang biasa dibuat oleh ibunya pada acara-acara khusus untuknya saat dia masih kecil. Bagian favoritnya adalah krim kocok di atasnya.

BINGO.

Di hadapannya ada pelangi Jell-o Salad yang dilapisi dengan sesendok krim kocok di atasnya. Dia berpikir sendok dan

BINGO.

Satu muncul. Tapi kemudian dia teringat bagaimana ayah dan ibunya akan memarahinya, jika dia memakan makanan penutupnya terlebih dahulu. Ia pun teringat kentang tumbuk. Panas mengepul dengan lelehan mentega di atasnya. Oh, dan roti daging dengan saus tomat. Dan kacang polong yang baru saja dipetik dari kebun.

BINGO.

Di hadapannya ada semangkuk besar kentang tumbuk. Mentega meleleh di sisi-sisinya. Itu adalah sebuah karya seni. Tampaknya hampir terlalu enak untuk dimakan.

Di sampingnya ada sepotong daging cincang dengan sedikit saus tomat di atasnya.

Dan di mangkuk terpisah, kacang polong. Dengan setangkai daun mint di atasnya.

Dia tersenyum. Sebagai seorang gadis kecil, dia tidak suka makanannya disentuh. Di ruangan ini, sang koki tahu apa yang ia sukai.

Tapi koki itu lupa memberikan peralatan makannya. Dia membayangkan sebuah pisau dan garpu.

BINGO.

Itu datang juga. Dia makan dengan rakus. Hati-hati jangan sampai merusak Anne of Green Gables. Buku yang merasakan kebutuhan akan perlindungan itu terbang dan melayang-layang di udara di mana Rosalie dapat dengan mudah meraihnya.

Rosalie memakan semuanya termasuk Jell-o Salad, yang bergoyang-goyang di atas sendok.

Ketika dia selesai makan

BINGO

piring, peralatan makan, dll., menghilang.

Setelah beberapa saat bersyukur atas makanan yang telah diberikan kepadanya, dia menatap bukunya.

Jika terbang ke arahnya, dan dia melanjutkan membaca.

Membaca dan menunggu.

Apa, atau siapa yang ditunggunya - dia tidak tahu.

BAB 18

CHARLES DICKENS

Dikota London, Inggris, sebuah kontainer logam jatuh dari langit.

Wadah itu sendiri tidak panjang, atau seperti silo. Bahkan, benda yang paling mirip dengan benda itu adalah kapsul. Bedanya, benda ini berbentuk persegi dan tidak memiliki jendela. Alih-alih jendela, benda ini memiliki cermin di semua sisinya. Benda ini juga berbentuk datar sehingga saat menghantam air, benda ini meluncur dengan kekuatan yang luar biasa. Benda itu mendarat di tepi Sungai Thames.

Menyaksikan semua itu terjadi, ada dua orang detektor yang bernama John dan Paul. Keduanya berusia sekitar tiga puluhan tahun. Mereka mencari nafkah dari keuntungan mendeteksi. Oleh karena itu, mereka dianggap sebagai Detektor Profesional.

Jam kerja para detektor bervariasi. Mereka adalah wiraswasta dan bertanggung jawab atas pemeliharaan dan pengelolaan alat mereka.

Seorang Detektor membutuhkan banyak alat. Ia tidak ingin pergi menggali tanpa persiapan. Sebagian besar membawa kotak peralatan ke mana-mana. Di dalamnya terdapat barang-barang penting. Di antaranya: headphone, penutup hujan, tali pengaman, alat penggali, sekop, sabuk perkakas, celemek (dengan saku), kantong kedap air, ransel, kantong sampah.

Sebagian besar penggalian John dan Paul dilakukan di London, di Sungai Thames. Seperti yang disyaratkan oleh hukum, mereka membawa izin Standard dan Mudlark. Izin ini diberikan oleh Otoritas Pelabuhan London.

Izin ini memungkinkan mereka untuk menggali hingga kedalaman 7,5 cm jika diperlukan (tangga diperlukan baik Anda bermaksud untuk menggali atau tidak).

Dalam kasus benda persegi - yang telah mendarat di depan mereka - beberapa pemikiran perlu dimasukkan ke dalamnya. Sebelum mereka mengambilnya dan mengklaimnya.

"Mau melihat lebih dekat?" Paul bertanya.

John, yang tidak banyak bicara, mengangguk.

Mereka berjalan dengan susah payah ke depan, dengan peralatan di tangan. Sepatu bot wellington mereka bergesekan dan bergesekan, menggeser lumpur dan air di setiap langkah. Tepi sungai sering kali sangat becek, setelah beberapa hari diguyur hujan.

"Klaim!" Paul berkata.

"Cukup adil," kata John.

Meskipun mereka berdua telah melihatnya pada saat yang sama, dia tahu bahwa itu juga merupakan klaim atas namanya. Mereka adalah rekan, selalu menjadi rekan dan tidak ada yang bisa mengubahnya.

Keduanya berjalan dengan susah payah sampai mereka mencapainya. Benda itu seperti sebuah bola cermin persegi dan ketika mereka mencoba memeriksanya, yang mereka lihat hanyalah bayangan mereka sendiri di dalamnya.

"Saya perlu potong rambut," kata John.

Paul mencemooh, sambil menyentuh sisi bola itu dengan ujung sepatunya. "Pasti ada cara untuk membukanya," katanya.

"Ini terlalu besar untuk kita gulingkan," kata John, sambil mengeluarkan pita pengukur dari sakunya dan mengukur tinggi salah satu sisinya. Dia menunjukkan hasilnya kepada Paul, yang berbunyi, 60 sentimeter.

Mereka berjalan mengelilingi objek tersebut. Berhenti untuk mengetuk, mengetuk sesekali. Berhati-hati agar tidak meninggalkan sidik jari yang kotor di objek cermin. Tapi berharap mereka akan menyentuh tombol rahasia dan membukanya.

Dan mendengarkan. Untuk memastikan itu tidak berdetak.

"Mungkin kita harus membawanya ke museum atau melaporkan penemuan kita?" Paul menyarankan. "Mereka akan mengirimkan truk atau derek untuk mengambilnya dan mengangkutnya. Setelah tim penjinak bom melihatnya."

John menggelengkan kepalanya.

"Jika mereka mengirim tim penjinak bom, mereka akan meledakkannya. Pecahan kaca akan ada di mana-mana, dan klaim kita tidak akan berguna."

"Benar, benar," kata Paul. "Orang-orang itu suka meledakkan sesuatu. Maksudku, itu keuntungannya, bukan?"

"Saya rasa begitu. Apa yang harus kita lakukan sekarang? Ini tidak berdetak. Kita sudah jelas dalam hal itu."

"Ya, tidak perlu regu," kata Paul. Dia berjalan mengelilingi benda itu, dengan kedua tangannya di belakang punggung. Itu adalah cara dia berjalan. John mengikuti di belakangnya, mengimbangi langkahnya, dengan tangan di belakang punggung.

Paul berkata, "Kita perlu mencari tahu apa benda itu dan berapa umurnya. Kita hanya perlu mengklaim benda-benda tertentu sesuai dengan Undang-Undang Harta Karun tahun 1996. Benda ini tidak terlihat seperti emas atau perak dan pastinya tidak terlihat berusia lebih dari tiga ratus tahun. Temuan ini mungkin milik kita dan milik kita sendiri, jadi kita mungkin tidak perlu melaporkannya ke FLO (Petugas Penghubung Temuan) setempat.

"Jelas bukan emas atau perak," kata John sambil mengetuk benda logam itu dan mendengarkan. Benda itu terdengar berongga. Dia mengetuknya di beberapa tempat dan mendengarkan.

Di atasnya muncul dua cahaya.

Satu berwarna hijau dan satu lagi berwarna kuning.

Mereka mendarat di bagian atas benda itu.

"Shoo!" Paul berkata.

"Apakah kita akan gila?" John bertanya sambil menggaruk-garuk kepalanya.

"Kurasa tidak," jawab Paul.

Lampu-lampu itu terangkat dan melayang-layang. Keduanya jatuh ke kaki kontainer. Begitu mereka mendarat, lampu-lampu itu mengangkatnya dan menahannya di tempatnya. Beberapa detik kemudian, benda itu mulai berputar, perlahan-lahan pada awalnya, lalu semakin cepat. Tak lama kemudian, benda itu berputar dengan kecepatan tinggi. Saat berputar, benda itu mulai bernyanyi dengan suara bernada tinggi.

Para detektor berlutut dan menutup telinga mereka dengan tangan. Tubuh mereka dilanda rasa mual, tidak ubahnya seperti mabuk laut. Dan mereka sangat ketakutan.

"Apa yang terjadi?!" John menjerit.

"Saya pikir makhluk itu menetas!" Paulus menjawab.

Saat wadah itu jatuh ke tanah, berdenyut. Bergetar. Bergidik. Saat kotak cermin itu menguap terbuka, sebagian darinya turun seperti jembatan gantung ke tepi sungai yang berumput.

"Arrrgggggh!" teriak para detektor.

Mereka menunggu, mengamati melalui celah-celah di antara jari-jari mereka. Tidak lagi tertarik untuk mengklaim benda itu. Tidak lagi tertarik dengan nilainya.

Keluarlah seorang anak laki-laki.

"Ini anak kecil," kata Paul sambil berdiri.

John juga berdiri dan meletakkan tangannya di pinggulnya.

"Tunggu," kata Paul. "Dia berpakaian seperti salah satu dari anak-anak Oliver Twist."

"Saya terlahir kembali," seru anak itu, sambil membalikkan topinya, lalu mengembalikannya ke kepalanya. Dia meregangkan tubuh, menguap, lalu memperhatikan sekelilingnya. "Lihat, itu! Gedung Parlemen. Mereka telah berubah sejak terakhir kali saya melihatnya. Dan dengarkan," katanya saat jam berdentang satu kali, dua kali, dan tiga kali. "Mengapa mereka menaruh Lonceng Agung di dalam sangkar?" tanyanya.

"Apa maksudmu dengan sangkar? Itu namanya Big Ben," kata Paul. "Dan mengapa Anda berpakaian seperti itu? Apakah Anda menghadiri pesta kostum?"

Pemuda itu menepuk-nepuk bagian depan rompinya. Dia memeriksa apakah rompinya terkancing penuh dan kaki celananya sudah turun sepenuhnya. Dia lebih terbiasa mengenakan celana pendek dan celana panjang selalu ingin diikat. Di kepalanya ada sebuah topi yang dia lepaskan sebelum dia berbicara lagi.

"Apakah Anda tahu jalan ke Portsmouth?" tanyanya. "Ibu dan ayah akan mengkhawatirkan saya."

Para detektif saling memandang, tetapi tidak ada yang berbicara. Untuk pertama kalinya dalam hidup mereka, mereka tidak bisa berkata-kata.

"Saya pergi," kata anak itu, sambil mengenakan topinya kembali.

POP.

POP.

Hadz dan Reiki tiba, dan menghadang tepat di depan mata anak laki-laki itu.

"Charles Dickens, kamu harus tetap bersama kedua orang ini. Mereka akan membawamu ke tempat yang seharusnya. Kamu harus bersama E-Z."

"Apa yang mereka katakan?" John berkata sambil menggosok-gosok telinganya. "Saya pikir saya akan gila."

"Mereka bilang dia Charles Dickens. Charles Dickens! Dan kita harus membantunya mencapai E-Z, siapa pun dia saat dia di rumah," jawab Paul.

Charles Dickens. Charles Dickens. Atau dikenal sebagai kerabat jauh E-Z dan Sam... Mengangkat topinya ke arah dua makhluk yang mirip peri itu. "Saya pernah memiliki sebuah buku, dengan gambar peri di sampulnya oleh Grimm. Apa kalian mengenalnya?" tanyanya.

Hadz dan Reiki terkikik, lalu menghilang.

POP

POP.

Charles Dickens mengenakan kembali topinya, "Aku akan pergi ke Portsmouth." Dia mulai berjalan.

"Tidak, Anda tidak," kata para detektif serempak.

"Tentu saja," katanya.

"Portsmouth itu jauh," kata John.

Di belakang mereka, kubus cermin itu mulai bergetar dan berderak. Kemudian ia berbicara, "Cybus autem speculatam ini akan menghancurkan dirinya sendiri dalam 5, 4, 3, 2, 1, 0."

Para detektor jatuh ke tanah, menutupi kepala mereka dengan tangan.

POOF.

Dan benda itu pun lenyap.

"Wah!" Kata Dickens. Lalu dia menunjuk ke arah London Eye. "Apa itu?" tanyanya.

Para detektor berlari di depan Charles. Memimpin jalan dan membersihkan jalan. Seperti dua pemain bertahan sepak bola, mereka menjaganya. Menghindari sepeda, pejalan kaki, dan anjing-anjing liar. Mengarahkannya ke jalur lain untuk menghindari trem, taksi, dan skuter.

"Namanya London Eye dan Anda bisa melihat bermil-mil jauhnya di atas sana."

"Ada kemungkinan kita bisa makan sesuatu segera?" Charles bertanya sambil mengusap-usap perutnya.

"Mengapa tidak datang ke tempat kami dan minum secangkir teh dulu," tanya Paul. "Ibuku membuat secangkir teh yang enak dan dia bahkan mungkin akan memberikan satu atau dua biskuit."

"Kedengarannya bagus untukku," kata Dickens. "Kalau begitu, aku harus pulang. Ibu akan bertanya-tanya di mana saya berada. Saya tidak seharusnya berada di luar sampai larut malam, dan melihat posisi matahari, saya kira matahari akan segera terbenam."

Ketika mereka mendekati Convent Gardens, Dickens melihat sebuah plakat. "Lihat di sini," katanya. "Nama saya tertulis di sini."

John dan Paul menatap Charles Dickens.

"Apa?" katanya.

"Anda akan menjadi penulis Inggris yang paling terkenal sepanjang masa," kata John. "Dan Oliver Twist adalah salah satu karakter Anda yang paling terkenal."

"Benarkah begitu?" Charles bertanya.

"Benar," kata Paul. "Dan saya tidak bermaksud menyinggung perasaan Anda, tapi, Anda tahu, William Shakespeare juga cukup terkenal," kata Paul.

"Shakespeare adalah seorang penulis drama. Apakah saya menulis drama?" Charles bertanya.

"Tidak, kamu menulis novel. Kalau begitu, mungkin kamu benar."

Mereka tiba di rumah Paul, "Bu, ini Charles Dickens," katanya.

Dia sedang berada di dapur, mengenakan celemek dan dia menyeka tangannya di bagian depan celemek sebelum menjabat tangan Charles.

"Ada hubungannya dengan Charles Dickens?" Ibu Paul bertanya.

"Senang bertemu dengan Anda lagi," kata John, mengubah topik pembicaraan. "Bolehkah saya tidak sopan meminta secangkir teh dengan roti dan mentega?"

"Kalian bertiga masuk dan duduklah, saya akan membawakannya," kata ibu John sambil mengusir mereka keluar dari dapur.

Mereka duduk di ruang depan. Paul duduk di dekat jendela sehingga dia bisa melihat keluar melalui tirai jaring.

Sementara itu, John dan Paul memikirkan hal yang sama. Bagaimana mereka bisa menemukan Charles Dickens dan bagaimana mereka bisa menghasilkan sedikit uang darinya.

Paul mencari tahu, Kapan Charles Dickens meninggal? Jawabannya: 1870. Dia menunjukkan layar tersebut kepada John.

"Mengapa Anda ingin pergi ke Portsmouth?" John bertanya.

"Saya dulu tinggal di sana," kata Charles.

"Apakah Anda memiliki buku-buku lain," tanya Paul. "Maksud saya buku-buku yang belum Anda terbitkan?"

"Saya tidak tahu," kata Charles. "Apakah saya sudah menulis banyak buku?"

"Ya, tentu saja sudah, Charles," kata John.

"Ada yang bagus?" Charles bertanya.

"Saya membaca Oliver Twist ketika saya masih kecil dan juga Great Expectations. Bagus sekali tapi agak panjang untuk ukuran saya," kata Paul.

"A Christmas Carol juga bagus," kata John, "Tidak terlalu panjang dan sebuah pelajaran yang sangat baik."

Ruangan itu hening selama beberapa menit.

"Saya harus menemukan Ezekiel Dickens ini - atau yang dikenal oleh teman-temannya sebagai E-Z," kata Charles. "Saya tidak tahu bagaimana saya bisa tahu, tapi saya rasa dia tinggal di Amerika." Dia menguap dan hampir tidak bisa membuka matanya.

Ibu Paulus masuk, membawa nampan berisi makanan. Semua orang makan sampai kenyang, dan tak lama kemudian Charles tertidur di kursi.

"Ah, si kecil sudah tertidur pulas," kata Ibu Paul, sambil membentangkan selimut di atasnya.

"Dia masih sangat kecil," katanya.

"Tapi dia adalah salah satu penulis terbesar,"

John menyela, "Menulis sudah ada dalam darahnya, jadi mungkin suatu hari nanti dia akan menjadi penulis yang hebat."

Ibu Paul tertawa, lalu naik ke lantai atas ke kamarnya untuk menonton televisi.

Sementara itu, Paul dan John mendiskusikan apa yang harus mereka lakukan dengan Charles Dickens.

"Sayang sekali kita tidak bisa mempertahankannya," kata John.

"Kurasa museum tidak akan menerimanya," kata Paul.

Keduanya sepakat untuk melakukan riset tentang Charles Dickens di internet.

POP

POP.

John dan Paul menatap ke depan seperti tertidur. Padahal jarak mereka sangat jauh. Hadz dan Reiki menyanyikan sebuah lagu untuk mereka yang berbunyi seperti ini:

"Charles Dickens hanya seorang anak laki-laki.

Dia bukan mainan detektif.

Bantu dia untuk menemukan sepupunya di Amerika Serikat.

Lakukan di pagi hari atau kami akan membuatmu membayar!"

Lagu ini terus berputar-putar di kepala John dan Paul sampai mereka tahu apa yang harus mereka lakukan.

"Kita akan menemukan E-Z Dickens," kata Paul.

"Ya, itu adalah hal yang benar untuk dilakukan," kata John.

POP

POP.

Dan mereka pun pergi.

BAB 19

ROSALIE BOSAN...

Rosalie mulai bosan membaca Anne of Green Gables. Semakin tua, semakin sulit baginya untuk berkonsentrasi pada satu hal dalam waktu yang lama. Dia melepas kacamatanya dan berharap dia memiliki masker lavender untuk menutupi matanya.

BINGO.

Sebuah masker lembut dengan aroma lavender yang semerbak menghalangi cahaya dan menenangkan matanya yang lelah.

"Sepertinya ada jin ajaib di sini!" katanya, lalu ia memejamkan mata dan tertidur.

Ketika ia terbangun beberapa saat kemudian dan membuka maskernya, ia sudah kembali ke tempat tidurnya di kediaman sang lansia. Apakah dia gila atau dia sedang melakukan perjalanan dalam pikirannya?

Rosalie merasa agak kedinginan, mungkin karena lingkungan steril yang dingin di tempat tinggalnya. Pada waktu-waktu tertentu di siang hari, suhu udara menurun.

Pada saat-saat itu, ia melihat para penghuni berada di kamar mereka, sementara para peserta sedang merapikan diri. Karena mereka sedang bekerja keras, mereka tidak merasakan hawa dingin. Tidak seperti para manula yang tidak melakukan apa-apa.

BINGO.

Laci bawah lemari pakaiannya terbuka, dan sweter merahnya yang lembut dan halus terbang ke arahnya. Sweater itu berhenti dengan sendirinya saat ia memasukkan tangannya ke dalam sweater itu. Dia meringkuk merasakan kehangatannya saat benda itu mengancingkan kancingnya.

"Ini adalah kejadian yang agak aneh," katanya.

Dia duduk dengan tenang, memimpikan secangkir teh panas dengan banyak gula dan susu.

BINGO.

Sebuah teko mewah dengan bunga di atasnya tiba di atas meja di dekatnya. Setelah teh diseduh, teh tersebut dituang ke dalam cangkir teh yang serasi, ditambahkan dua gumpalan gula dan sedikit susu.

"Tolong tiga gumpalan," pinta Rosalie.

Gumpalan ketiga ditambahkan.

Secangkir teh di atas piring melayang ke arahnya.

"Bagaimana kalau satu atau dua biskuit shortbread?" tanyanya.

Biskuit itu berhenti di udara.

BINGO.

Sekarang di atas piring itu ada dua biskuit shortbread.

"Kamu lupa satu sendok teh!"

BINGO.

"Terima kasih," katanya, masih bertanya-tanya apakah dia berhalusinasi dan/atau kehilangan akal sehatnya.

Tehnya masih panas, tidak terlalu panas. Manis, tidak terlalu manis. Dan rasanya sangat cocok dengan roti pendeknya.

Ketika dia meneguk setiap tetes terakhir dari cangkirnya ....

BINGO

itu langsung menghilang dari tangannya.

Dia bertanya-tanya sampai kapan trik sulap, atau trik imajinasinya ini akan berlanjut. Selagi masih ada, dia akan menikmatinya sepenuhnya.

"Tunggu sebentar!"

Ia teringat akan buku itu. Buku yang tidak ingin dibaca oleh siapa pun.

"Bisakah kamu," dia bertanya kepada udara, "Perbaiki agar orang lain bisa membaca bukuku." Dia merogoh laci dan mengangkatnya. "Jadi, yang bisa membacanya, selain aku, hanya Lia, Alfred dan E-Z. Tidak ada orang lain. Jika ada orang lain yang menemukannya, dan mereka membolak-balik halamannya, semuanya akan kosong."

Dia menunggu sebuah tanda. Atau suara, tapi tidak ada yang datang.

Ia mengembalikan buku itu ke dalam laci, membalikkan badannya dan kembali tidur.

POP

POP

"Apakah dia sudah tidur?" Hadz bertanya.

"Saya rasa sudah. Dia mendengkur!"

"Berhati-hatilah untuk tidak membangunkannya. Tapi kita harus mengajaknya bergabung - maksudku, secara resmi."

"Para malaikat agung memberinya kekuatan, untuk mengawasi Lia, E-Z dan Alfred. Mereka tahu tentang dia," kenang Reiki.

"Itu benar, dan dia akan setia pada anak-anak itu. Dan yang lainnya. Para malaikat agung tidak tahu secara spesifik tentang mereka - dan saya pikir lebih baik seperti itu."

"Setuju. Jadi, apa yang harus kita lakukan. Untuk membuatnya begitu?"

"Rosalie," bisik Hadz langsung ke telinga kirinya. "Kamu ingin membantu Lia, E-Z dan Alfred, kan?"

"Ya," Rosalie berdecak.

Reiki berbicara. "Dan bagaimana dengan yang lainnya? Apa kau bersedia melindungi mereka? Bahkan dari para malaikat pencabut nyawa?"

"Ya," jawab Rosalie.

"Bagus sekali," kata Reiki. "Sekarang, mari kita beri dia dorongan ingatan. Kita tidak ingin dia melupakan apa yang telah dia sepakati, bukan?"

Hadz dan Reiki menyanyikan sebuah lagu,

"Kenangan adalah hal yang indah.

Yang melayang-layang seperti cincin asap.

Kembali dan ke depan, ke depan dan ke belakang

Biarkan kenangan Rosalie menjaganya tetap di jalurnya.

Keajaiban, keajaiban di udara dan di laut

Mengikat kontrak kami dengan Rosalie."

POP

POP

Hadz dan Reiki pergi, sementara Rosalie tua yang tersayang terus mendengkur.

BAB 20

TERKAIT...

Dipagi hari, di Inggris, ketika ketel mendidih, John dan Paul bersiap-siap. Komputer sudah menyala, dan mesin pencari sudah terbuka.

"Saya akan membuat teh," kata John.

"Saya akan mulai mengetik," kata Paul, sambil mengetikkan Ezekiel Dickens di kolom pencarian. "Oh," katanya. "Nah, itu tidak terduga."

John tiba dengan membawa nampan berisi teh, gumpalan gula dalam mangkuk, roti bakar mentega panas, dan sebotol selai jeruk di sampingnya.

"Temukan sesuatu," tanyanya.

"Coba lihat ini," kata Paul, sambil membalikkan layar dan mengaduk gumpalan gula ke dalam tehnya.

Itu adalah situs web The Three's Superhero. Mereka melihat E-Z memperkenalkan diri, diikuti oleh Lia dan Alfred.

"Apakah ini asli?" John bertanya. "Mereka terlihat seperti tiga karakter dari jaringan kartun."

Kemudian reka ulang penyelamatan rollercoaster dimulai. Paul menekan tombol PAUSE. Dia membuka jendela lain. Mengetikkan Amusement Park Rescue E-Z Dickens. Sebuah koran dengan artikel tentang hal itu muncul. "Ini sah," katanya.

"Jadi, kerabat Charles adalah seorang pahlawan super?"

"Apa menurutmu kami mirip?" Charles bertanya. Dia masih setengah tertidur dengan piyama besar yang mereka berikan untuk tidur. Dia mengambil sepotong roti panggang dari piring, dan menggigitnya.

"Kalian berdua memiliki hidung seperti Dickens," kata John.

Charles melihat lebih dekat pada bagian layar yang berhenti sejenak.

"Berdasarkan kapan Anda dilahirkan," kata Paul, sambil mencari tahu di Google, pada tahun 1812 hingga sekarang, E-Z akan menjadi sepupu ketujuh atau kedelapan yang dibuang."

"Apa maksudnya sepupu yang dibuang?"

"Itu berarti jumlah generasi di antara kalian," kata John.

"Jadi, nenek moyangku adalah seorang Pahlawan Super. Apa itu pahlawan super? Apakah seperti di film Sir Gwain dan Ksatria Hijau?"

"Ah, saya ingat pernah membacanya di sekolah saat masih kecil, ya, ksatria dan pahlawan super memang mirip," kata Paul.

John menggulir ke bawah untuk melihat apakah E-Z Dickens disebutkan di tempat lain. Ada klip YouTube yang menampilkan dirinya bermain bisbol sebelum dia menggunakan kursi roda dan sesudahnya.

"Dia adalah seorang atlet," kata John. "Dan dia berolahraga di kursi roda."

"Permainannya mirip dengan Rounders," kata Charles.

"Oh, tunggu, ini ada sesuatu tentang orang tuanya," kata Paul.

Mereka membaca berita kematian orang tua E-Z, tentang kecelakaan yang merenggut nyawa mereka.

"Anak yang malang," kata Charles. "Setidaknya dia memiliki saudara laki-laki ayahnya, Sam, yang akan menjaganya sekarang."

"Mengapa kita tidak memberinya sebuah cincin?" Paul bertanya. Dia membuka ponselnya, menelepon bagian informasi.

Charles melihat dari balik bahunya, sementara Paul berbicara ke telepon dan sebuah suara wanita menjawab. "Saya butuh secangkir teh," katanya.

John pergi ke dapur untuk mengambilkannya.

Sementara itu, Paul meminta nomor telepon Ezekiel Dickens di Amerika Utara. Setelah ia menekan nomor tersebut dan telepon mulai berdering, Paul meletakkannya di atas pengeras suara.

"Halo," kata Sam.

Charles hampir menjatuhkan cangkir tehnya.

"Eh, halo, nama saya Paul dan saya menelepon dari London, Inggris. Saya ingin berbicara dengan Ezekiel Dickens, tolong."

"Saya pamannya, bolehkah saya bertanya tentang apa ini?" Sam berjalan menyusuri lorong menuju kamar E-Z.

Ketiganya sedang menonton film di televisi layar datar yang baru. Sam mengambil remote dan menekan MUTE. Lalu meletakkan ponselnya di atas pengeras suara.

"Sejujurnya, saya tidak begitu yakin," kata Paul. "Bukan aku yang ingin berbicara dengannya, tapi..."

"Aku." Sebuah suara baru mengambil alih telepon. Suara orang yang lebih muda.

"Dan siapa kamu?" Sam bertanya.

"Nama saya Charles Dickens."

Sam menyerahkan telepon kepada keponakannya. "Dia bilang namanya Charles Dickens."

"Sudah kubilang sesuatu yang aneh akan terjadi hari ini," kata Alfred.

"Aku juga," kata Lia, "Tapi aku tidak tahu kalau itu akan melibatkan Charles Dickens!"

E-Z ragu-ragu sebelum berkata, "Ini E-Z Dickens, eh, Tuan eh, Charles. Apa yang bisa saya bantu?"

Charles tertawa. Itu adalah tawa yang gugup. Dia tidak tahu harus berkata apa. Dia belum pernah berbicara dengan seseorang yang berada di belahan dunia lain sebelumnya.

"Aku kembali," dia berkata. "Untuk mencarimu. John dan Paul, teman saya, adalah (dia menangkupkan tangannya di atas telepon) - detektor…"

E-Z belum pernah mendengar istilah detektor sebelumnya.

"Mereka menggunakan peralatan untuk menemukan sesuatu," kata Alfred.

Paul mengambil alih. "Ada sesuatu yang mendarat di sungai. Charles Dickens ada di dalamnya. Dua lampu, satu hijau dan satu kuning memberi tahu kami bahwa Charles harus menghubungi E-Z Dickens."

"Makhluk apa itu?" E-Z bertanya. "Apakah itu seperti sebuah gudang?"

"John di sini," sebuah suara baru berkata. "Bukan, itu adalah sebuah kubus. Sebuah kubus cermin."

E-Z menangkupkan tangannya di atas teleponnya, "Tidak terdengar seperti salah satu dari benda-benda silo itu."

"Apa malaikat yang mengirimmu?" Lia berkata, "Omong-omong, aku Lia dan suara yang kau dengar tadi adalah Alfred. Kami di sini bersama E-Z dan Sam."

"Senang bertemu dengan kalian semua," kata Charles.

"Berapa umurmu?" E-Z bertanya.

"Sekitar sepuluh tahun, kurasa. Apakah benar kita sepupu?"

"Ya," kata E-Z, "dan Paman Sam juga sepupu Anda."

"Kami terhubung melalui ruang dan waktu," kata Charles.

"E-Z juga seorang penulis," kata Sam.

E-Z merasa ngeri, dan pipinya terasa panas.

Sam menyikut keponakannya kembali ke dunia nyata.

"Ini banyak yang harus diproses, Tuan Dickens, eh, maksud saya Charles. Kita harus merencanakan untuk membawamu ke sini, itu saja atau aku yang akan datang kepadamu. Bisakah Anda tinggal bersama John dan Paul sebentar dan kami akan menghubungi Anda setelah kami tahu apa yang harus kami lakukan?"

Paul berkata, "Ya, Ibu bilang Charles sama sekali tidak bermasalah. Dia bisa tinggal bersama kami selama yang dia inginkan."

"Saya akan menelepon Anda kembali," kata E-Z.

Telepon terputus.

"Oh, ngomong-ngomong," kata Sam, "Tidak ada yang berguna di hard drive Arden. Selain untuk mengonfirmasi bahwa mereka sedang online bersama bermain game menembak multipemain."

"Senang mengetahuinya," kata E-Z, banyak hal yang sudah dia ketahui sendiri.

BAB 21

RENCANA... DAN ROSALIE

Di kamarnya, E-Z, Lia, dan Alfred bersama Paman Sam mendiskusikan percakapan yang mereka lakukan.

"Aku tidak percaya Charles Dickens yang asli menelepon kita," kata Sam.

"Ya, tapi yang tidak saya mengerti adalah mengapa dia ada di sini. Dan dengan apa dia sampai di sini," kata E-Z. "Maksud saya, dia berumur sepuluh tahun - dia pikir. Dan moda perjalanannya terdengar aneh, sebuah kotak persegi bercermin. Apa maksudnya itu semua?"

"Kedengarannya tidak seperti pesawat luar angkasa," kata Alfred, "Kita tidak tahu seperti apa bentuknya."

"Tunggu sebentar!" Kata Lia.

E-Z menatapnya. "Apakah kamu memikirkan apa yang aku pikirkan?"

Dia mengangguk.

"APA?" Alfred bertanya.

"Ingat ketika para malaikat agung memanggil kita, untuk memberitahu bahwa salah satu dari kita harus mati?" Lia bertanya.

Alfred dan E-Z mengangguk.

"Pikirkan tentang wadah itu. Seolah-olah kalian kembali ke dalamnya lagi dan mengingat barang-barang yang kita temukan. Kertas-kertas yang kita temukan?"

"Aku mengerti maksudmu. Maksudmu informasi dunia lain. Tentang kehidupan kita di dimensi lain?" E-Z bertanya.

"Tepat sekali," kata Lia.

Alfred melompat-lompat di atas tempat tidur.

"Apa?" Sam bertanya.

E-Z menjelaskan, sebisanya.

"Jadi, biar kulihat apakah aku sudah benar," kata Sam. "Kita semua memiliki kehidupan, di tempat lain selain di sini. Maksud saya di bumi. Ada versi lain dari diri kita, yang menjalani kehidupan yang berbeda dari kita. Di waktu yang berbeda, ruang yang berbeda, dimensi yang berbeda"

"Benar," kata E-Z.

"Kalau begitu, bisakah kita mengubah hidup kita?" Sam bertanya. "Maksud saya, mengubah hasilnya? Bisakah kita menghentikan hal-hal buruk yang akan terjadi?"

"Saya rasa tidak," kata Lia. "Tapi aku tidak tahu seberapa besar mereka ingin kita tahu tentang dimensi lain. Tapi dari apa yang dikatakan Eriel, kita adalah pusatnya. Segala sesuatu yang terjadi berputar di sekitar kita, dan kehidupan yang kita jalani sekarang."

"Jadi," kata Alfred, "Keberadaan Charles Dickens di sini, pasti ada hubungannya dengan Eriel dan yang lainnya."

"Ya, itu juga yang aku pikirkan," kata E-Z. "Tapi kenapa sekarang? Ujian sudah selesai. Itu adalah pilihan mereka. Namun, mereka sepertinya tidak bisa meninggalkanku sendirian."

"Membawa kembali Charles Dickens. Dan versi dia yang berusia sepuluh tahun! Sama sekali tidak masuk akal bagiku," kata Lia.

"Mungkin saat kita bertemu dengannya," kata Sam, "semuanya akan masuk akal."

"Tidak jika itu melibatkan Eriel," kata E-Z. "Tidak ada yang mudah baginya."

"Sepertinya perjalanan ke London, adalah satu-satunya cara kita untuk mengetahuinya," kata Sam.

"Rasanya seperti sudah lama sekali saya tidak berada di sana."

"Ya, mudah saja bagimu untuk pergi. Kamu hanya perlu mengarahkan kursimu ke arah yang benar dan berangkatlah," kata Alfred. "Sedangkan dengan saya, ada banyak energi yang digunakan untuk mengepakkan sayap, dan angin juga menjadi salah satu faktornya."

"Anda bisa naik pesawat jika Paman Sam ikut dengan Anda," saran E-Z. "Kamu tinggal duduk di kursi bersama penumpang lain dan menikmati perjalanan."

Alfred menundukkan kepalanya.

"Aku tidak mengatakannya untuk membuatmu merasa buruk. Aku hanya mengingatkanmu bahwa kita semua berada di kapal yang sama."

"Saya mengerti. Dan terima kasih."

'Oke, sekarang mari kita kembali ke masalah yang sedang dibahas," tambah E-Z. Dia mematikan televisi.

Lia menatap ke depan, seperti orang kesurupan. "Rosalie!" serunya.

"Siapa?" Alfred bertanya.

Lia terus menatap ke angkasa.

"Apakah Lia baik-baik saja?" Sam bertanya. "Dia hampir tidak bernapas."

Lia berdiri. "Ada yang ingin kukatakan padamu. Aku telah bertemu dengan seseorang, tidak secara langsung tapi di dalam kepalaku. Dia ada di kepalaku dan aku telah berbicara dengannya selama beberapa waktu. Dia meminta saya untuk tidak mengatakan apa-apa - belum. Saya pikir ini mungkin ada hubungannya dengan reinkarnasi Charles Dickens."

"Kami mendengarkan," kata E-Z sambil mendekat.

"Namanya Rosalie. Dia tinggal di Panti Jompo di Boston - dan dia sudah cukup tua. Dia menderita demensia."

"Bukankah itu yang menyebabkan hilangnya ingatan?" Alfred bertanya.

Tapi begitu Rosalie mendengar Lia menyebutkan namanya, ia langsung terbawa ke dalam pikiran dan tubuhnya ke kamar E-Z. Dia melayang di atas mereka, mendengarkan dengan seksama setiap kata yang diucapkan. Dia berdehem, untuk melihat apakah mereka bisa melihat atau mendengarnya - mereka tidak bisa. Dia berharap dia membawa buku catatan dan pulpennya.

BINGO.

Keduanya tiba di tangannya. Dia tersenyum dan mulai mencatat.

"Maksudmu, kalian berdua saling terhubung - melalui ESP?" Alfred bertanya. "Kupikir hanya aku yang memiliki ESP?"

"Kurasa itu bukan ESP. Tidak dengan cara yang sama seperti yang Anda miliki."

"Bagaimana bisa?" Alfred bertanya.

"Ingatan Rosalie sudah hilang. Sebagian besar dari mereka. Dia bahkan tidak mengenali keluarganya ketika mereka datang mengunjunginya. Mereka tidak sering berkunjung. Dia tidak keberatan karena dia tidak menyukai mereka. Tapi entah bagaimana, kami menjadi terhubung. Dan dia tahu semua tentang kami dan kekuatan kami. Dia telah menjaga kami, semacam itu."

"Kenapa kau baru menceritakannya sekarang?" E-Z bertanya.

"Karena dia bilang tidak apa-apa. Dan dia juga menyebutkan tentang Ruang Putih. Dia pernah ke sana bukan hanya sekali, tapi dua kali. Pertama kali, dia dikembalikan dengan selamat ke tempat tidurnya - tapi tidak kali ini. Dia bilang dia ada di sana sekarang, dan mereka tidak mengizinkannya pulang."

"Seperti yang kalian berdua tahu, saya pernah ke Ruang Putih," katanya. "Di sanalah para Malaikat pertama kali membuat janji dan mengatakan bahwa saya akan bisa bersama orang tua saya lagi. Pada dasarnya, tempat mereka membawa saya ke sana dengan menggunakan ujian."

Sam menimpali, "Eriel pernah menculikku ke Ruang Putih. Itu cukup menyenangkan, pada awalnya - sampai dia tidak mengizinkan saya pergi."

"Ya," kata E-Z, "Eriel memang tidak bijaksana. Dan itu adalah tempat yang cukup keren. Anda bisa mendapatkan apa pun yang Anda minta dengan memikirkannya - seperti sihir. Dan ada buku-buku - buku bersayap. Tapi saya tidak ingin menjelaskan terlalu detail di sini - mari kita fokus pada Rosalie. Apa yang terjadi sekarang?"

Rosalie tertawa, berpikir bagaimana jika ia mengatakan pada Lia bahwa ia berada di dua tempat sekaligus? Tidak, itu akan membuat mereka ketakutan. Dia mengobrol dengan Lia dalam hati dan menceritakan beberapa kebohongan di sepanjang jalan.

"Dia bilang dia pura-pura tidur. Dia ingat ada dua titik, satu hijau dan satu kuning melayang di depan matanya."

"Hadz dan Reiki," kata E-Z. "Katakan padanya untuk tidak takut pada mereka. Mereka adalah orang-orang baik."

Ah, Rosalie menghela napas. Kemudian dia menyadari bahwa ini mungkin kesempatan yang dia tunggu-tunggu. Untuk memberi tahu The Three tentang yang lain. Dia berpikir dengan hati-hati, lalu memutuskan bahwa inilah saatnya untuk berbagi apa yang dia ketahui.

"Oh tunggu, dia ingin aku memberitahumu sesuatu." Lia menatap ke depan saat suara Rosalie mengalir dari sela-sela bibirnya, "Ada orang lain sepertimu, aku pernah melihatnya. Aku rasa itu sebabnya aku ada di sini."

"Orang lain, seperti kita?" Lia, Alfred, dan E-Z berseru.

"Aku tidak yakin berapa banyak yang harus kukatakan kepada mereka tentang anak-anak lain di ruangan ini. Apakah kalian punya saran untukku? Apa yang harus aku katakan? Apakah mereka akan menyakitiku? Jika saya menceritakan tentang anak-anak lain - apakah mereka akan menyakiti mereka?" Rosalie berkata, melalui Lia.

"Terserah kamu, E-Z," kata Lia pada dirinya sendiri.

"Dengarkan dulu apa yang mereka katakan," kata E-Z. "Mereka akan memberitahumu apa yang sudah mereka ketahui dan kemudian kamu bisa memutuskan seberapa banyak, jika ada yang perlu mereka ketahui."

"Nasihat yang bagus," kata Alfred. "Selalu menjadi pendengar yang baik. Terutama saat kamu ditahan di tempat yang asing."

Lia menawarkan, "Saya akan terus mengabari orang-orang di sini, jika Anda ingin kami tetap berada di telepon - boleh dikatakan begitu."

Rosalie berbicara menggunakan mulut Lia sebagai mulutnya sendiri, "Saya harus menjaga semua kemampuan saya tentang saya ... jadi saya akan mengatakannya untuk saat ini. Terima kasih kepada Anda dan geng atas bantuannya. Aku akan menghubungimu jika aku membutuhkanmu selama aku di sini. Jika tidak, saya akan mengabarimu saat saya kembali ke rumah lagi, yang akan segera terjadi karena saya melewatkan makan malam. Malam ini, kalkun, kentang tumbuk, dan kacang polong." Dia ragu-ragu. "Oh, dan ngomong-ngomong Lia, atasan yang kamu kenakan sangat cantik."

BINGO.

"Terima kasih," kata Lia, sambil menatap kaosnya dan bertanya-tanya bagaimana Rosalie tahu apa yang dia kenakan.

"Apa?" E-Z bertanya.

"Oh, tidak ada," kata Lia.

Kembali ke Ruang Putih lagi. Rosalie berpikir buku catatannya akan lebih baik disimpan di laci meja malamnya.

BINGO

Dan mereka pun pergi.

BINGO

Makan malam tiba. Dia sudah makan semuanya dengan lezat, tapi sekarang yang dia pikirkan hanyalah minuman kocok stroberi.

BINGO.

Satu tiba dan di sampingnya ada sepotong Lemon Meringue Pie.

Saat itulah Eriel dan Raphael tiba.

"Oh, oh," kata si anak tangga, saat mereka melayang turun ke arahnya dengan pakaian yang terlihat seperti untuk Halloween.

"Apakah aku sedang bermimpi? Atau mati?" Rosalie bertanya.

"Tidak," jawab para malaikat itu.

BAB 22

BERTEMU DAN MENYAPA

"Kalianlanjutkan saja dan habiskan makanan kalian," kata Raphael.

"Ya, tidak ada yang lebih baik untuk dilakukan," kata Eriel.

Sementara mereka memperhatikannya makan, Rosalie kesulitan mengunyah. Kesulitan mengecap. Dan rasanya lebih dingin. Ia melirik ke arah rak buku, ke arah tangga. Ia merasa dua orang asing ini tidak berniat baik saat ia meletakkan pisau dan garpunya.

"Pertama-tama," Eriel memulai, "percakapan ini harus tetap di antara kita dan hanya kita berdua."

Dalam benaknya, dia berbicara kepada Lia. "Apa kamu ada di sana, nak? Apa kau mendengarkan?"

"... Kepunahan."

"Maafkan aku," kata Rosalie, "tapi bisakah kau mulai lagi, maksudku dari awal? Aku sudah tua dan aku lupa apa yang kau ceritakan."

Eriel gusar. Seperti anak kecil yang dimarahi, ia membuka sayapnya dan terbang. Ketika dia mendekati bagian atas perpustakaan, dia menyilangkan tangannya dan menunggu. Menunggu Raphael untuk mencobanya.

Raphael mendekat ke arah Rosalie.

"Kacamatamu sangat rapi," kata Rosalie. "Tapi kacamata itu membuatku merasa sedikit mabuk laut dengan semua darah yang berdenyut dan melayang-layang di dalam sana."

Eriel tertawa.

Raphael melepas kacamatanya dan memasukkannya ke dalam saku jubah hitamnya.

"Sayangku, Rosalie," Raphael berdecak, "tolong abaikan kekasaran teman terpelajarku ini, tetapi kita berada dalam situasi ini. Situasi di mana kita tidak hanya membutuhkan bantuanmu, tapi juga bantuan E-Z, Lia, Alfred, dan yang lainnya. Kamu tahu siapa yang saya maksud ketika saya menyebutkan yang lain, ya?"

Rosalie mengangguk, tidak mengatakan apa-apa.

"Kami adalah tim malaikat pencabut nyawa dan kekuatan kami terbatas. Hal yang terjadi di seluruh dunia terjadi pada jiwa-jiwa."

"Maksudmu, saat orang meninggal?" Rosalie bertanya.

"Tepat sekali."

"Tetapi bukankah itu lebih merupakan wilayahmu, daripada wilayah kami? Kamu telah berbicara dengan Tuhan - Dia mengenalmu, bukan? Dan jika Anda mencoba untuk memperbaiki situasi yang mengerikan, mengapa tidak bertanya langsung kepada-Nya?"

Karena Raphael dan Eriel tidak berbicara, Rosalie melanjutkan.

"Dari apa yang saya pahami, setelah seseorang meninggal, tubuh mereka dikubur. Atau dikremasi. Jiwa mereka - jika ada - hidup di tempat lain."

Eriel sudah berada di hadapannya dalam hitungan detik, menggeram. "Itu tidak benar.

Raphael mendorongnya ke samping. "Ini lebih rumit dari yang kau tahu. Terlalu rumit untuk dipahami oleh kebanyakan manusia."

"Manusia cukup pintar," kata Rosalie. "Kita sudah pernah ke bulan, menemukan pesawat terbang, internet, api. Aku bukan orang jenius, tapi kau membawaku ke sini, untuk meyakinkanku."

Eriel tertawa lagi.

Kali ini, Raphael tidak bisa menahan diri, dan dia juga tertawa.

Dan tertawa. Dan tertawa.

Keduanya tidak bisa menghentikan diri mereka sendiri.

Rosalie mengabaikan mereka. Mengabaikan apa yang terjadi di sekelilingnya. Tangga itu melempar dirinya sendiri bolak-balik bolak-balik. Buku-buku bermunculan keluar, lalu masuk lagi. Itu seperti sebuah raket. Sangat berisik. Ia merindukan ketenangan di kamarnya sekali lagi.

Anne of Green Gables, pikirnya.

BINGO.

Buku itu ada di tangannya. Ia membukanya, mencari pembatas buku, dan membacanya. Jika mereka membutuhkan bantuannya, mereka harus bekerja untuk itu. Sekarang mereka telah menghinanya dan seluruh umat manusia, dia tidak akan mempermudah mereka.

"Bagus," bisik Lia di dalam benak Rosalie. "Kau yang bertanggung jawab. Dan aku di sini bersama E-Z dan Alfred dan kami mendukungmu."

Raphael dan Eriel masih tertawa. Di luar kendali. Saling memantul di udara, seperti balon yang diikat menjadi satu.

Lalu ia teringat bahwa Lemon Meringue Pie-nya belum dimakan. Ia meletakkan bukunya di samping, dan memasukkan garpunya ke dalam kue dan menggigitnya. Rasanya sempurna. Tidak terlalu manis atau terlalu asam, persis seperti yang biasa dibuat oleh ibunya. Dia mengambil satu garpu lagi.

Di atasnya, Eriel dan Raphael histeris.

"Hentikan!" Rosalie berteriak. "Kalian berdua adalah orang yang paling kasar, paling menjengkelkan yang pernah kutemui. Dan saya telah bertemu dengan beberapa orang yang cukup menjengkelkan di hari saya." Dia meletakkan garpunya. "Apakah kamu tidak diajari sopan santun? Tata krama apa saja?" Dia mengambil garpunya dan mengarahkannya ke arah mereka.

Eriel terbang turun. Dia sudah berada di atas Rosalie, dengan mulut terbuka dalam hitungan detik. Dia menusukkan garpu itu ke dalam dadih lemon, lalu menyodorkannya ke dalam mulut sang malaikat agung.

"Ewwwwww!" teriaknya. Memuntahkannya seperti dia baru saja memberinya arsenik.

"Ibu selalu mengajarkan saya untuk berbagi," katanya sambil menyeringai.

Wajah Eriel berubah pucat dari hitam menjadi hijau. Setelah muntah, ia menghilang di balik tembok.

"Kurasa dia bukan penggemar pai?" Rosalie berkata.

Lia tertawa dalam benak Rosalie.

Raphael mengeluarkan kacamatanya dari saku jubahnya, membersihkannya dan memakaikannya kembali ke wajahnya. Dia duduk di samping Rosalie. Dia begitu dekat sampai-sampai Rosalie hampir duduk di pangkuannya.

Rosalie yang malang.

"KITA TAHU ADA ORANG LAIN DAN KITA PERLU TAHU SIAPA MEREKA DAN DI MANA MEREKA BERADA - SEKARANG!"

Saat dia berbicara, wajah Raphael berubah bentuk, menjadi sesuatu yang tidak dapat dikenali.

Rambut Rosalie berdiri tegak. Tubuhnya bergetar.

"Orang yang kasar tidak akan pernah mendapatkan apa yang mereka minta dan kau, sayangku, sangat kasar. Begitu juga dengan temanmu," bisik Rosalie.

Rosalie kembali menjadi dirinya yang sebelumnya.

Hanya saja kali ini kebijaksanaan sang malaikat agung telah berubah. Dan suaranya terdengar manis ketika dia berkata,

"Aku akan pergi melalui dinding itu dan bergabung dengan Eriel. Dalam lima menit, kami akan kembali dan memulai lagi. Kami membutuhkan bantuan Anda - Anda benar - dan kami tidak memintanya dengan cara yang seharusnya." Kemudian kepada wanita di dinding, "Atur timer selama lima menit." Lalu kembali ke Rosalie, "Saat pengatur waktu berbunyi, kita akan kembali dan memulai lagi." Seperti yang dijanjikan, Raphael bergerak ke arah dinding dan menghilang di baliknya.

Jam di dinding itu berdetak dengan keras. Tampaknya tidak pada tempatnya. Bahkan terlalu berisik untuk ukuran perpustakaan.

"Ini sangat mengganggu!" kata tangga itu sambil mendekat.

"Maafkan aku, atas semua keributan ini," kata Rosalie. "Keberadaanku di sini hanya membuat kalian kacau."

"Kami menyukaimu," kata tangga itu. "Kenapa kamu tidak bergerak sedikit? Itu akan membuatmu merasa lebih baik."

Rosalie berdiri, berharap akan merasa lelah setelah makan makanan yang begitu banyak. Sebaliknya, dia justru merasa berenergi. Terutama kakinya. Mereka merasa seperti berusia sepuluh tahun lagi. Dia melakukan lompat-lompat. Sangat menyenangkan!

"Dan sekarang," kata Rosalie, "untuk trik berikutnya. Nenek Hebat akan mencoba bukan hanya satu, atau dua, tapi tiga jungkir balik secara berurutan," - dan ia berhasil. "Terima kasih, terima kasih!" katanya sambil membungkuk dan melambaikan tangan seperti orang yang baru saja memenangkan medali emas di Olimpiade.

BRRRIIIING.

Pengatur waktu habis. Eriel dan Raphael tiba.

Kedua malaikat itu berpakaian berbeda. Seperti akan menghadiri dua pesta yang berbeda.

Eriel mengenakan setelan jas bergaris-garis gelap, kemeja putih dan dasi.

Raphael mengenakan gaun merah seperti Mumu yang menutupi seluruh tubuhnya dari leher hingga kaki.

"Saya merasa kurang berpakaian," kata Rosalie.

BINGO.

Dia sekarang mengenakan gaunnya yang paling mewah. Gaun itu adalah gaun yang ia katakan ingin ia kenakan setelah ia meninggal.

Dia jatuh ke kursi, dengan matanya menatap ke atas. Dan para malaikat agung melayang ke arahnya. Sayap-sayap mereka bergerak, seperti sayap kupu-kupu, saat mereka mendekatinya dengan keanggunan dan keindahan. Matanya berkaca-kaca.

"Ada yang dapat saya bantu, yang terkasih?" Rosalie bertanya.

Mereka seperti memiliki kekuatan yang menguasainya sekarang, sebuah kekuatan yang tidak ingin dia atasi. Dia jatuh ke lantai, sekarang berlutut di depan kedua malaikat itu. Raphael menyentuh bahu kanannya dan Eriel menyentuh bahu kirinya.

"Beritahu kami apa yang perlu kami ketahui," mereka berbisik.

"Yang lainnya tersebar," katanya, lalu dia jatuh ke lantai seperti boneka tanpa tali.

"Dia terlalu tua untuk ini," kata Eriel. "Jika dia mati, dia tidak akan berguna bagi kita."

"Teruskan, ini berhasil."

POP.

POP.

Hadz dan Reiki muncul, masing-masing berbisik ke telinga Rosalie. Mereka membantunya berdiri.

"Keluar dari sini, kalian berdua penyusup!" Eriel berteriak dengan suara yang meledak-ledak,

Rosalie tersentak dari kondisi trans yang mereka buat.

"Pergilah!" Raphael berseru dan tidak ada suara letupan, yang terdengar adalah suara

SPLAT.

Rosalie meletakkan tangannya di pinggulnya, "Kuharap kau tidak menyakiti kedua anak kesayangan itu. Bahkan, jika Anda ingin saya mempertimbangkan untuk membantu Anda, maka Anda harus membawa mereka kembali ke sini SEKARANG agar saya bisa melihat mereka baik-baik saja. Saya menolak untuk mengatakan apa-apa lagi kepada Anda, sampai Anda membawa mereka kembali." Dia menyeberangi ruangan, duduk dengan punggung menghadap dinding putih dan memejamkan mata dan menunggu.

Dia punya waktu sepanjang hari, sepanjang minggu, sepanjang tahun. Dia tidak terburu-buru untuk pergi ke mana pun atau melakukan apa pun.

POP.

POP.

"Terima kasih," kata Hadz dan Reiki, sambil duduk di pundak Rosalie.

"Kami mengacaukannya," kata Raphael. Kemudian kepada Hadz dan Reiki, "Kalian tahu situasi bumi saat ini, bisakah kalian membantu kami untuk mendapatkan bantuan dari manusia ini?"

Reiki berkata, "Kami tahu ada situasi ini! Jika Anda tidak mengingkari kesepakatan dengan E-Z, Lia dan Alfred, mereka sudah bergabung. Rosalie tidak mempercayai salah satu dari kalian."

Hadz berkata, "Dan kamu belum jujur padanya."

Hadz berkata, "Bagi manusia, kepercayaan dan kejujuran adalah segalanya."

Eriel berlari ke arah mereka.

Raphael menahannya sebelum dia berkata, "Sebuah kesalahan telah terjadi, di pihak kita dan kesalahan ini memiliki sebab dan akibat. Kita berusaha menyelamatkan bumi dari kerusakan yang lebih parah. Satu-satunya cara yang dapat kita lakukan adalah memanggil mereka yang telah diberi kekuatan, kekuatan supranatural, kekuatan superhero. Tanpa mereka, umat manusia akan gagal - dan itu adalah kesalahan kita."

Rosalie berdiri. Dia melirik ke arah dua makhluk kecil yang duduk di bahunya. "Dapatkah saya mempercayai mereka berdua?"

"Raphael bisa dipercaya," kata Hadz.

"Tapi kami tidak yakin dengan dia," kata Reiki.

POP.

POP.

Keduanya menghilang, karena takut dikirim kembali ke tambang oleh Eriel.

Eriel naik, semakin tinggi dan semakin tinggi, lalu menghilang melalui langit-langit.

Rosalie mengubah topik pembicaraan. "Sementara aku memikirkannya, bisakah kamu menjelaskan tempat apa ini? Aku menyebutnya Ruang Putih, tapi apakah itu nama yang tepat - dan mengapa setiap kali aku menginginkan sesuatu, sesuatu itu muncul? Mungkin namanya Ruang Ajaib?" Pada saat itu, Rosalie teringat akan E-Z, malaikat/anak laki-laki yang duduk di kursi roda.

ACK.

E-Z tiba.

"Whoa!" katanya, menyadari bahwa ia telah bergabung dengan Rosalie di Ruang Putih. Ia memikirkan tentang kacamata hitamnya dan

PRESTO

Mereka ada di wajahnya. Dia berjalan mengelilingi ruangan, merasakan kakinya dan lantainya sekali lagi. Kemudian dia mengulurkan tangannya dan berkata, "Anda pasti Rosalie."

'Dan Anda pasti E-Z, katanya, "Tanpa kursi roda. Tempat ini benar-benar ajaib!"

"Dan, halo, Raphael."

"Selamat datang, E-Z," kata Raphael. Kemudian kepada Rosalie, "Begitu banyak kebijaksanaan - ini seharusnya bersifat rahasia."

"Janji apa pun yang dia buat untukmu, dia akan mengingkarinya. Dia tidak bisa menepati janjinya - dan Eriel bahkan lebih buruk lagi, begitu juga Ophaniel - dan kau bahkan belum pernah bertemu dengannya. Namun, aku akan memberitahumu bahwa mereka semua adalah sekelompok pembohong."

"Saya sudah tahu itu," Rosalie mengakui. "Dan dia pergi, Eriel bertingkah seperti anak manja."

"Saya ingin melihat hal itu," kata E-Z. "Kedengarannya sangat tidak seperti Eriel, tapi man, itu akan menjadi hal yang luar biasa untuk dilihat."

"Cukup dengan basa-basi ini," kata Raphael. "Kurasa aku tak punya pilihan lain, selain menjelaskan situasinya padamu." Dia menghentakkan kakinya dan sayapnya jatuh ke samping sambil merajuk. Dia berbalik menghadap E-Z dan Rosalie. "Dunia membutuhkan penyelamatan, karena kesalahan dari pihak kita. Apakah kamu dan yang lainnya ingin membantu kami untuk memperbaiki situasi ini - maksudku untuk menyelamatkan bumi, atau tidak?"

Rosalie dan E-Z saling bertukar pandang.

"Silakan saja," kata Rosalie. "Saya setuju dengan apa pun yang kamu putuskan."

E-Z tidak langsung menjawab.

"Jika kamu mengatakan semuanya, saya akan menyampaikannya kepada yang lain, dan kita akan melakukan pemungutan suara. Kita adalah kelompok yang demokratis."

"Berapa lama waktu yang dibutuhkan untuk itu?" Raphael mencemooh. "Dan bagaimana kau akan kembali padaku? Apa mungkin aku harus menahan Rosalie di sini sebagai tahanan sampai kau menemukan jawabannya? Apakah dua puluh empat jam akan cukup waktu?"

Rosalie berkata, "Saya tidak keberatan tinggal di ruangan ini. Ada banyak buku yang bisa dibaca dan saya bisa memesan apa pun yang saya inginkan. Jauh lebih menarik dan mengasyikkan daripada di rumah."

E-Z mengangguk. Kepada Rosalie ia berkata, "Terima kasih dan kamu benar, ruangan ini sangat istimewa. Kamu akan aman di sini." Kemudian kepada Raphael, "Rosalie tidak akan menjadi tawananmu, bahkan dia akan menjadi tamumu." Sebuah buku terbang dari rak dan mendarat di tangannya. Itu adalah Harry Potter dan Kamar Rahasia.

"Saya ingin membacanya," kata Rosalie. Buku itu lepas dari tangan E-Z dan terbang ke arah Rosalie. Dia menangkapnya dan membukanya dan segera mulai membaca.

"Rosalie akan menjadi tamu kita," kata Raphael. "Dua puluh empat jam lagi?"

"Dua puluh empat jam," E-Z setuju.

"Tunggu!" sebuah suara berteriak. Sebuah suara tanpa tubuh. Suara yang bergema dan bergema. Hingga sebuah buku terlepas dari rak di atasnya. Buku itu jatuh ke lantai, hingga sayapnya mengepak ke depan dan menyelamatkannya dari patah punggung.

Raphael tampak terkejut oleh suara itu. Dia mencoba untuk mundur, tapi ada sesuatu yang menahannya.

Rosalie dan E-Z menunggu dan mendengarkan.

"Raphael belum menceritakan semuanya," kata suara gemuruh itu.

Udara terasa bergetar di setiap suku kata, tapi dengan cara yang baik, ramah, dan lembut, bukan dengan cara yang menakutkan.

"Beritahu kami," kata E-Z.

"Sedikit lebih pelan," saran Rosalie. "Aku memang sudah tua, tapi tidak tuli!"

"Maaf," kata suara itu. Dia berdeham. Lalu berbisik, "E-Z Dickens, apa kau ingat pilihan yang kami berikan padamu? Dua pilihan itu?"

E-Z mengingatnya dengan cukup baik. Yang pertama adalah tetap berada di dalam silo selamanya. Kenangan tentang keluarganya terus berputar. Pilihan kedua adalah kembali ke kehidupannya bersama Paman Sam.

"Ya."

"Ceritakan apa yang Anda ingat tentang pilihan-pilihan itu?" tanya suara itu.

"Mereka bilang aku bisa tetap berada di dalam kontainer dan menghidupkan kembali kenangan tentang keluargaku secara berulang-ulang atau kembali ke kehidupanku bersama Paman Sam."

"Dan penangkap jiwa? Apa itu?"

"Tidak ada," E-Z mengakui sambil mengangkat bahu.

Suara itu berteriak-teriak - seperti berbicara sekarang membuatnya kesakitan. Rak-rak berguncang dan benda-benda bermunculan di udara secara acak. Pertama ada sebuah acar raksasa. Benda hijau itu berputar searah jarum jam, kemudian berlawanan arah jarum jam, lalu menghilang.

Selanjutnya sebuah bola cermin muncul di atas mereka. Bola itu berubah warna saat berputar. Ketika benda itu berputar terlalu cepat, mereka takut benda itu akan menimpa mereka. Mereka bergerak untuk berlindung, tetapi sebelum berhasil, bola itu menghilang.

Selanjutnya, kepala seorang badut muncul. Badut itu melayang di depan mereka, dan berkata, "Apa itu hitam dan putih dan hitam dan putih, dan hitam dan putih dan hitam dan putih."

"Cukup!" suara itu menggelegar.

"Maafkan saya," kata Raphael.

"Seharusnya begitu!" suara pertama bergetar. Kemudian dengan lebih tenang, lebih lembut, dan pelan dia berkata, "E-Z dan timnya perlu tahu tentang Penangkap Jiwa - semuanya. Jika tidak, mereka tidak akan memahami kerumitan dari pelanggaran ini."

Suara itu berhenti sejenak selama beberapa detik, lalu melanjutkan, "Seorang Penangkap Jiwa menangkap jiwa-jiwa ketika tubuh manusia mati. Itu adalah tempat peristirahatan yang tidak pernah berakhir. Semua manusia dan semua makhluk memiliki wadah untuk dituju. Benda yang kau sebut silo adalah penangkap jiwa. Tempat peristirahatan untuk selama-lamanya."

"Oke," kata E-Z. "Jadi, apa hubungannya dengan akhir dunia?"

"Aku ingin melihat Penangkap Jiwaku," kata Rosalie.

"Jika kau dan teman-temanmu tidak MELAKUKAN SESUATU, tidak ada yang akan memiliki Soul Catcher. Ketika tubuhmu mati, kau akan MATI. Itu saja. Selesai. Jiwa Anda dan jiwa semua orang tidak akan punya tempat untuk pergi dan ketika jiwa tidak punya tempat untuk pergi, maka tidak ada tujuan. Tidak ada alasan untuk itu ada lagi. Dan tanpa jiwa, manusia hanyalah potongan daging."

"Tunggu sebentar," kata E-Z. "Apakah Anda mengatakan bahwa orang yang bertanggung jawab atas Penangkap Jiwa. Apapun sebutanmu untuk mereka - CEO, Presiden, kau mengerti maksudnya. Apa kau mengatakan bahwa mereka telah dikompromikan?"

Raphael membuka mulutnya untuk menjawab, tapi E-Z belum selesai berbicara.

"Bagaimana cara kerja Soul Catcher ini? Aku telah dipanggil ke sana beberapa kali, dan aku bahkan tidak MATI. Apa maksudmu makhluk-makhluk ini, apapun itu, sekarang bisa memaksaku untuk masuk ke dalam Soul Catcher-ku sesuka hati?" Dia ragu-ragu, "Dan apa yang Anda ketahui tentang Charles Dickens? Dia tiba di dalam sebuah wadah cermin, jadi bukan penangkap jiwa. Bagaimana jiwanya berpindah dari satu tempat ke tempat lain? Apakah kebangkitannya tergantung pada kalian para malaikat?"

Raphael menunggu untuk melihat apakah dia memiliki pertanyaan lain.

Dia punya.

"Dan bagaimana dengan dua sahabatku, PJ dan Arden. Bagaimana keadaan mereka? Mereka berdua dalam keadaan koma. Saya ingin membawa mereka kembali. Apakah dengan menolongmu, bisa menolong mereka?"

Suara di dinding bergemuruh menjawab.

"Tidak ada yang menjalankan Penangkap Jiwa. Ini bukan seperti perusahaan yang didirikan untuk mencari keuntungan. Ketika seseorang meninggal, jiwanya ditangkap, dan tinggal di Soul Catcher yang ditugaskan."

"Aku tidak mengerti," kata E-Z. Lalu, "Tunggu sebentar, apakah ada seseorang atau sesuatu yang membajak Soul Catcher? Dan jika jawabannya ya, maka aku pasti akan membutuhkan lebih banyak informasi tentang siapa mereka sebelum kita terlibat. Jika kalian para malaikat malaikat tidak bisa mengalahkan mereka, lalu bagaimana kalian berharap kami bisa?"

Suara di dalam dinding berkata kepada Raphael, "Yah, Eriel salah ketika dia mengatakan bahwa anak ini setebal batu bata. Dia berhasil, dalam sekali serangan. Bagus sekali, E-Z."

"Eh, terima kasih, saya rasa," katanya. "Tapi apa sebenarnya yang saya lakukan dengan benar?"

Suara itu melanjutkan. "Tiga dewi memang telah membajak para penangkap jiwa."

E-Z membuka mulutnya untuk berbicara, tapi sebelum dia sempat, suara itu berbicara lagi.

"Charles Dickens tidak datang dengan penangkap jiwa, seperti yang kau duga. Kerabat sedarah memiliki kekuatan atas ruang dan waktu. Kau memanggilnya. Dia datang untuk membantumu."

"Aku tidak memanggilnya!" Kata E-Z.

"Namun, dia kembali dan dia tahu namamu dan ingin membantumu, benar begitu?"

E-Z mengangguk.

"Dan untuk pertanyaan terakhirmu, ya, nyawa teman-temanmu dalam bahaya karena ketiga dewi itu."

"Dewi?" E-Z mengulangi. "Seperti dalam mitologi Yunani? Apakah mereka nyata? Saya pikir semua cerita itu hanya fiksi."

"Mereka didasarkan pada fakta sejarah," kata Raphael.

"Kita tidak bisa melawan tim yang terdiri dari para dewi dalam mitologi!" E-Z berseru. "Kita masih anak-anak."

"Risikonya jauh lebih besar jika tidak, karena kita tidak punya siapa-siapa lagi yang bisa kita minta untuk membantu kita. Tidak ada Batman, tidak ada Spiderman, tidak ada Pahlawan Super di dunia nyata. Satu-satunya pahlawan adalah kalian, bukan? Maukah kalian membantu? Kami tahu, untuk menyelesaikan masalah ini, kami membutuhkan tubuh, orang-orang di lapangan. Manusia dengan kekuatan bisa menang. Kalian bisa mengalahkan ini, makhluk ini. Makhluk ini. Untuk satu hal, kau bisa MELIHAT MEREKA. Kami tidak bisa," kata Raphael.

"Saya tahu Anda butuh bantuan, tapi saya tidak bisa melihat bagaimana kita bisa menyelamatkan hari ini - tidak melawan dewi-dewi yang kuat. Ya, kita memiliki kekuatan, tapi apa sebenarnya yang kita hadapi? Apa yang akan terjadi pada kita? Apa bahayanya bagi kita? Maksud saya, Anda sudah mati - kami tidak. Jika kami membantu - apa risikonya?"

Dia ragu-ragu, dan ketika tidak ada yang berkata apa-apa, dia melanjutkan.

"Jika kami setuju, bisakah kalian melindungi Paman Sam, istrinya Samantha, dan bayi-bayi mereka? Dapatkah Anda memastikan PJ dan Arden tidak akan mati di Soul Catchers? Dan apa untungnya bagi kami? Lagipula kita akan mempertaruhkan nyawa kita. Kalian bukan manusia, jadi kalian tidak akan rugi!"

Rosalie menyela, "E-Z, saya tidak melihat kalian punya pilihan. Kamu benar, akan ada risiko dan saya belum mati - tapi saya sudah tua - jadi risikonya tidak terlalu besar. Selain itu, saya menyukai gagasan bahwa ketika hidup saya berakhir, akan ada penangkap jiwa yang menunggu saya."

E-Z mengangguk. "Saya mengerti itu. Gagasan bahwa orang tua saya melayang-layang. Sendirian. Tunawisma. Tanpa penangkap jiwa. Yah, itu membuatku muak. Itu membuatku sangat marah sampai ingin meludah. Tapi saya masih perlu berbicara dengan yang lain," E-Z mengulangi, sambil menyilangkan kakinya. Rasanya sangat menyenangkan bisa melakukan hal-hal sederhana seperti menyilangkan kaki.

Kamu berubah menjadi seorang pembicara yang hebat di sana, kata Lia dalam hati.

"Eh, terima kasih," jawabnya.

"Seperti kamu dulu," kata suara itu. "Dua puluh empat jam. Sementara itu, Rosalie akan tetap tinggal di sini bersama kami."

"Sebagai tamu Anda," E-Z menekankan.

"Aku akan baik-baik saja," kata Rosalie. "Dan aku akan tetap berhubungan dengan mengobrol dengan Lia. Lia dan saya suka mengobrol."

Dia mengangguk. Dengan Lia, melalui Lia. E-Z tidak yakin apa yang mereka ketahui dan apa yang tidak mereka ketahui - tetapi dia tidak akan memberikan apa pun yang belum mereka miliki.

"Sampai jumpa lagi," katanya sambil melambaikan tangan.

Kemudian dia kembali duduk di kursi rodanya lagi. Dia berhadapan langsung dengan teman-temannya. Tapi bagaimana ia bisa memberitahu mereka? Bagaimana dia bisa menjelaskannya?

Pada akhirnya ia memutuskan tindakan terbaik adalah dengan menceritakan semuanya. Dan itulah yang dia lakukan.

BAB 23

PERUBAHAN...

Meskipun berita dari E-Z tidak seperti yang mereka harapkan, baik Alfred maupun Lia memiliki banyak hal yang ingin mereka sampaikan sebagai tanggapan.

"Mereka punya keberanian!" Alfred berseru. "Setelah apa yang mereka lakukan pada kita. Maksud saya, mereka membuat janji lalu mengingkari dan mengubah rencana permainan. Saya sendiri, tidak mempercayai salah satu dari mereka sejauh yang saya bisa."

"Ini sangat besar, dan ini melibatkan orang-orang yang kita cintai yang telah meninggal," kata E-Z.

"Bagaimana bisa?" Sam bertanya.

"Saya tidak tahu secara spesifik. Yang kutahu, ini melibatkan tiga dewi jahat yang rencananya akan membajak dan mengendalikan semua penangkap Jiwa."

"Itu gila!" Kata Lia. "Mengapa mereka menginginkan mereka? Mengapa harus bersusah payah? Apa untungnya bagi mereka?"

"Tunggu dulu," kata E-Z. "Aku akan menceritakan semua yang mereka katakan padaku. Perlu diingat, mereka juga tidak tahu pasti.

"Pokoknya, ini dia. Mereka adalah dewi-dewi mitologi, yang telah dibawa kembali. Tujuan mereka adalah untuk mengendalikan para Penangkap Jiwa - dengan cara apapun yang memungkinkan.

"Dan cara yang mereka pilih untuk melakukannya adalah dengan membunuh orang. Orang-orang yang tidak ditakdirkan untuk mati! Dan kemudian mereka memasukkannya ke dalam Soul Catcher yang telah mereka bajak. Dari orang-orang yang membutuhkannya. Jadi, jiwa mereka tidak punya tempat untuk pergi."

"Aku masih tidak mengerti," kata Lia.

"Coba pikirkan seperti ini. Lia, kau, Alfred, dan aku sudah pernah berada di dalam Soul Catcher. Hanya sedikit yang diizinkan masuk ke sana sebelum mereka mati. Maksudku, siapa yang mau?"

"Setuju," kata Alfred.

"Baiklah," kata Lia.

"Tapi bagaimana jika aku katakan padamu sekarang, bahwa Soul Catcher-mu telah diisi oleh orang lain - dan bukan lagi milikmu?"

"Manusia bahkan tidak tahu tentang Penangkap Jiwa!" Alfred berseru. "Kebanyakan mengira jiwa mereka akan pergi ke surga (atau jika mereka jahat ke tempat yang panas.) Jika mereka tahu, mereka akan marah karenanya. Tapi mereka tidak tahu."

"Ya, Anda tidak bisa melewatkan sesuatu yang tidak Anda ketahui," kata Sam. "Kamu juga tidak bisa memperjuangkan sesuatu yang tidak kamu ketahui."

"Mereka mengatakan kepada saya bahwa jiwa orang tua saya mungkin sedang melayang-layang saat ini, menjadi tunawisma. Itu sangat memukul saya."

"Itulah mengapa mereka memberitahumu!" Sam berkata. "Itu adalah manipulasi langsung."

"Bukan, itu adalah pemerasan secara emosional," kata Alfred. "Tapi saya mengerti mengapa mereka mengatakan itu. Jika mereka mengatakan hal yang sama tentang keluargaku, aku ingin terlibat. Saya ingin melawan para dewi ini. Jika saya pemarah, saya akan segera bertindak berdasarkan emosi saya.

Tetapi kita harus bersikap logis di sini. Kita harus tetap berpikir jernih."

"Siapa sih dewi-dewi ini? Apa yang kita ketahui tentang mereka?" Lia bertanya.

"Dan apakah kita yakin para malaikat itu berada di pihak yang benar?" Sam bertanya.

"Mereka mengatakan ada kesalahan dari pihak mereka, yang menyebabkan hal ini terjadi - tetapi mereka tidak memberi tahu saya bagaimana hal itu terjadi atau mengapa. Dan mereka tidak berminat untuk didesak untuk memberikan informasi - lebih dari yang sudah saya dapatkan dari mereka. Selain itu, mereka memiliki Rosalie dan waktu kami untuk mengambil keputusan sudah hampir habis."

"Tepat sekali," kata Lia. "Namun, bagaimana kita bisa memutuskan jika kita bahkan tidak tahu apa yang kita hadapi? Mereka tahu kita masih anak-anak. Ya, kita masing-masing memiliki kekuatan yang unik - tetapi apakah itu cukup? Jika para malaikat agung tidak dapat mengatasi situasi ini sendiri... mengapa mereka tahu bahwa kita akan mampu?"

"Itu tidak bisa saya katakan. Saya telah mendesak mereka untuk mengatakan lebih banyak. Jika bukan karena suara di dinding - mereka tidak akan memberi tahu saya sebanyak yang saya ketahui."

"Beraninya mereka menahan informasi dari kita!" Alfred berseru.

"Saya telah menjelaskan apa yang saya ketahui. Ada tiga dari mereka. Mereka adalah dewi - makhluk mitologi yang saya pikir tidak nyata."

"Kita bisa mencari tahu semua yang perlu kita ketahui untuk mempersenjatai diri melawan mereka secara online," kata Sam. "Tapi itu akan memakan waktu." Dia ragu-ragu. "Namun, saya rasa kita tidak akan beruntung mencari informasi tentang Penangkap Jiwa."

"Aku sudah mencoba dan tidak bisa menemukan apapun."

"Kapan kau pertama kali mendengar tentang mereka?" Sam bertanya.

"Suara di dinding itu menyiratkan bahwa aku telah diberitahu tentang mereka sebelumnya, tapi setiap kali aku mencoba mengingatnya, seperti ada tembok yang menghalangi informasinya."

"Whoa! Hal yang sama juga terjadi padaku," kata Lia. "Itu sangat aneh."

E-Z melirik ke arah waktu di ponselnya. "Baiklah, aku sudah memberikan kalian banyak hal untuk dipikirkan. Kita punya waktu sampai besok pagi untuk membuat keputusan yang tegas... tapi saya rasa kita tidak punya pilihan lain selain setuju untuk membantu mereka. Maksud saya, jika bukan kita, lalu siapa lagi?"

"Aku juga memikirkan hal yang sama," kata Alfred. "Tapi aku masih tidak suka dengan cara mereka melakukannya."

"Aku juga," kata Lia. "Aku mau tidur. Malam semuanya. Sampai jumpa besok pagi." Dia menutup pintu di belakangnya.

"Ada yang kau butuhkan?" Sam bertanya.

"Tidak ada, aku baik-baik saja. Malam Paman Sam."

"Malam E-Z. Harus memberitahumu betapa bangganya aku padamu dan betapa bangganya orang tuamu."

"Terima kasih."

"Dan selamat malam Alfred," kata Sam sambil membuka pintu.

"Selamat malam," kata Alfred, lalu dia duduk dengan kepala di bawah sayapnya dan tertidur.

E-Z, yang tidak bisa tidur, menatap langit-langit dengan tangan di belakang kepala. Dia melakukan beberapa kali sit-up, lalu berbalik ke sisinya dengan harapan bisa tertidur. Namun, dia melihat dua cahaya, satu hijau dan satu kuning melayang ke arahnya.

"Apakah kamu sudah bangun?" Hadz bertanya.

"Tidak," kata E-Z sambil menyeringai saat dia duduk.

"Kami tidak seharusnya berbicara denganmu," kata Reiki, "tapi kami harus berbicara denganmu, jadi kamu harus menebak apa yang tidak seharusnya kami katakan padamu."

"Menebak? Serius? Bisakah Anda memberi saya petunjuk... Anda tahu, mempersempit bidangnya untuk saya, meski hanya sedikit?"

Para malaikat yang ingin menjadi malaikat berbisik satu sama lain. Mereka sepertinya tidak setuju, karena Hadz terbang ke satu sisi ruangan dan Reiki ke sisi lainnya.

"K, aku mau tidur. Jika kamu sudah tahu, kamu bisa memberitahuku besok pagi."

Dia mengangguk, lalu bangun. Dia berada di kursinya dan menatap ke langit. Dia memasang sabuk pengamannya. "Ada apa?"

"Kami memutuskan untuk tidak mempersempit lapangan untukmu. Atau memberi tahu Anda apa yang perlu Anda ketahui. Untuk membuat keputusan yang tepat... kami akan MENUNJUKKANnya padamu. Jadi, ikuti kami."

Saat awan-awan berlalu dan udara malam yang bersih namun sejuk memenuhi paru-parunya, E-Z merasa lebih hidup daripada yang pernah dia rasakan selama ini. Dalam beberapa hal, dia merindukan dipanggil untuk mengikuti ujian untuk membantu dan menyelamatkan orang-orang yang berada dalam kesulitan.

Sejak dia berhenti bekerja dengan Eriel, dia tidak lagi merasa seperti pahlawan super. Memang, dia pernah menyelamatkan seekor kucing yang tersangkut di pohon. Dan dia telah mencegah bola bisbol menghancurkan jendela gereja kaca patri yang berharga.

Namun, sebagian besar kesehariannya adalah memikirkan masa depan. Berencana untuk menyelesaikan sekolah menengah di posisi terbaik untuk mendapatkan beasiswa. Ke perguruan tinggi atau universitas terbaik yang bisa dia dapatkan.

Paman Sam dan Samantha sedang merencanakan bayi baru. Mereka merahasiakan jenis kelamin bayi mereka, apakah laki-laki atau perempuan, dan tidak seorang pun diizinkan masuk ke kamar bayi yang baru. E-Z merasa aneh karena sudah berusia lima belas tahun dan akan segera menjadi seorang Paman, tapi dia sangat menantikannya.

Dan Lia, dia baik-baik saja di sekolah, menyesuaikan diri meskipun dia telah berubah dari usia tujuh menjadi dua belas tahun dalam dua lompatan dalam waktu yang relatif singkat. Apapun yang membuatnya menua sepertinya telah berhenti dan sekarang sepertinya dia menyukai PJ. Dia benar-benar tumbuh dewasa dan dia tersenyum memikirkan betapa dia akan menjadi seorang yang suka memerintah. Hal itu mengingatkannya pada Dorrit si Unicorn Kecil. Mereka belum pernah melihatnya sejak ujian. Mungkin para malaikat agung telah mengirimnya untuk membantu Lia saat mereka semua terhubung. Lalu ada kedatangan sepupunya, Charles Dickens. Dan PJ dan Arden terjebak dalam keadaan koma - dan tidak ada yang tahu bagaimana cara mengeluarkan mereka dari sana. Alfred menyibukkan diri di sekitar rumah. Sejak dia tiba, Paman Sam tidak perlu memotong rumput sesering dulu.

Dia teringat kembali pada dua percobaan yang pernah dilakukannya dan menemukan kesamaan.

Yang pertama dengan gadis yang berpakaian seperti karakter pemain multi-game. Yang lainnya dengan anak laki-laki yang diperintahkan untuk membunuh E-Z untuk menyelamatkan nyawa keluarganya. Mereka terhubung. Eriel benar. Dia hanya perlu mencari tahu apa maksudnya.

"Apa kita sudah hampir sampai?" tanyanya, menyadari betapa dinginnya udara. Mereka bergerak cepat, semakin dekat ke Taman Nasional Death Valley, di Gurun Mojave. Saat itu bulan Desember, salah satu bulan terdingin di gurun pasir pada malam hari dan dia berharap dia membawa hoodie-nya. Saat itu sangat gelap sehingga bintang-bintang terlihat jutaan kali lebih terang. Seperti mata di langit dengan jarak yang hanya sejengkal di antara keduanya, atau begitulah yang terlihat.

Para malaikat yang sedang berlatih tidak menjawab. Mereka turun beberapa meter, lalu terus terbang ke depan dengan kecepatan penuh.

"Bagus!" katanya. "Beritahu saya kapan kita akan mendarat. Saya sangat berharap saya memiliki agen perjalanan yang bisa memberi tahu saya apa yang saya lihat."

"Gunakan ponselmu," Lia dan Alfred berbisik. Kemudian mereka terdiam.

Mereka terbang, di atas Badwater Basin, titik terendah di Amerika Utara. Dinamakan demikian, karena airnya buruk - tidak bisa diminum karena kelebihan garam. Namun, beberapa satwa liar dan tumbuhan dapat tumbuh subur di daerah tersebut seperti acar, serangga, dan siput.

Semakin dalam mereka masuk ke Death Valley, sementara E-Z menikmati medan yang ada dan mencoba untuk tidak memikirkan betapa hausnya dia.

"Apakah kita sudah sampai?" tanyanya lagi ketika seekor burung hitam terbang di atas kepalanya dan menjatuhkan banyak kotoran sebelum melanjutkan perjalanan. "Selamat datang di Death Valley," katanya sambil menyeka kotoran itu dengan bagian belakang lengan bajunya. Dia bergegas mengejar Hadz dan Reiki.

BAB 24

LEMBAH KEMATIAN, AMERIKA SERIKAT

"Cepatlah!" Hadz dan Reiki berkata. "Kita hampir sampai di Rhyolite."

Dia terus maju, mengejar mereka. "Dan apa sebenarnya yang ada di Rhyolite?"

"Sedikit latar belakang," kata Hadz. "Kecuali kamu sudah pernah mendengarnya?"

E-Z menggelengkan kepalanya. Dia pernah belajar tentang Grand Canyon di sekolah, sebagian besar tentang bagaimana ia terbentuk.

Hadz melanjutkan, "Rhyolite pernah menjadi kota yang berkembang pesat selama Gold Rush pada tahun 1904. Namun itu tidak berlangsung lama, pada tahun 1924, penduduk terakhirnya meninggal, dan kota ini berubah menjadi kota hantu."

"Apa arti kata Rhyolite?"

Reiki menjawab, "Itu adalah batuan vulkanik asam - bentuk lava dari granit. Dinamakan oleh seorang ahli geologi bernama Ferdinand von Richthofen pada tahun 1860. Asalnya dari bahasa Yunani, dari kata rhyax yang berarti aliran lava."

"Jadi, kota ini pernah mengalami demam emas dan mereka menamainya dengan nama batu vulkanik?" Dia ragu-ragu. "Sepertinya saya ingat sesuatu dari kelas tentang aksi vulkanik."

"Itu benar," kata Hadz. "Berawal dari dua juta tahun yang lalu."

"Jadi, pelajaran ini menarik - tapi aku masih tidak mengerti mengapa kita pergi ke Rhyolite."

Reiki berseru, "Karena itu adalah markas para pemberontak."

"Orang-orang yang berlomba-lomba untuk menguasai Penangkap Jiwa."

"Siapa mereka sebenarnya, dan bagaimana kita bisa menghentikan mereka? Maksudku kita - maksudku kita, The Three. Karena Eriel dan Raphael menyekap Rosalie dan omong-omong, waktu hampir habis. Mereka hanya memberi kita waktu dua puluh empat jam untuk kembali kepada mereka."

"Ssst," kata Hadz. "Mereka memiliki pendengaran yang luar biasa, dan angin mungkin membawa suara kita kembali kepada mereka dalam bentuk bisikan. Mulai saat ini kita hanya akan berbicara dengan pikiran kita."

E-Z bertanya, menggunakan pikirannya, "Apa yang terjadi jika mereka tahu kita ada di sini? Maksud saya, apakah mereka tidak akan bisa melihat kita?"

"Hadz dan aku bukan manusia, jadi kami tidak terdeteksi oleh radar mereka. Sedangkan kamu tidak, itulah sebabnya kami melindungimu."

"Bagus! Ada perisai pelindung yang tak terlihat di sekelilingku - itu adalah informasi yang sangat berguna untuk kuketahui."

Di kejauhan dia bisa melihat Pegunungan Hitam. "Aku yakin ketika matahari memanggang panasnya ke pegunungan itu, kamu bisa menggoreng telur di atasnya." Dia ragu-ragu, "Bagaimana dengan burung yang mengotori tubuhku? Mungkinkah para penjahat itu mengirimnya keluar, untuk mencari kita?"

Hadz dan Reiki menggelengkan kepala. "Kami melihat burung itu. Itu adalah burung gagak - yang dikenal sebagai pembawa pesan dari langit."

"Oke, cukup adil. Saya tidak berpikir itu terlihat seperti burung gagak. Katakan padaku apa yang telah membajak para penangkap jiwa dan apa yang harus kita lakukan untuk mengalahkan mereka." Dia ragu-ragu, "Dan apa hubungannya dengan reinkarnasi sebagai seorang anak laki-laki, Charles Dickens." Dia ragu-ragu lagi. "Juga, apakah Lia akan mendapatkan transportasi? Akankah unicorn Little Dorrit kembali jika/ketika kami setuju untuk membantumu?" Banyak sekali yang dibicarakan. Ia haus dan berharap ia membawa sebotol air.

POP.

Satu muncul. Dia meminumnya kembali setelah mengucapkan "Terima kasih," kepada siapa pun.

Reiki bertanya, "Apakah Anda pernah mendengar tentang Erinyes?"

E-Z menggelengkan kepalanya.

"Juga dikenal sebagai The Furies," kata Hadz.

"Saya tidak tahu apa itu keduanya... tapi saya memiliki ingatan samar-samar tentang sesuatu dari sebuah game, mungkin?"

"Mereka dikenal secara kolektif sebagai Dewi Pembalasan."

"Ceritakan lebih banyak. Siapa yang mereka balas dendam?"

"Wah, seluruh umat manusia!" Hadz gusar.

"Teman-temanku dan aku sudah membicarakan hal ini sebelumnya. Kebanyakan manusia tidak tahu tentang Penangkap Jiwa. Sebagian besar percaya bahwa kita memiliki jiwa. Jiwa-jiwa yang pergi ke surga atau neraka - tergantung pada pilihan yang kita buat dalam hidup kita."

"Ya, kami sadar akan hal ini," kata Hadz.

"Kalau begitu, katakan padaku," tanya E-Z. "Di manakah tuhan dalam hal ini? Tuhan atau Yesus, Allah, Buddha... apa pun sebutan yang kamu kenal. Di manakah dia?"

Hadz dan Reiki menatap ke depan tanpa menjawab.

"Oke, saya mengerti Anda tidak bisa menjawab pertanyaan itu. Jawablah pertanyaan yang satu ini. Mengapa para dewi menghukum manusia dengan menggunakan sesuatu yang bahkan tidak mereka sadari? Aku mengerti bahwa mereka jahat, tapi kedengarannya konyol."

"Anak-anak," kata Hadz.

"Mereka menghukum orang yang tidak bersalah. Tapi..."

"Ah, aku sedang menunggu kata tapi... Lanjutkan."

"The Furies menyalahgunakan kekuatan mereka. Mendorong batas-batas. Mereka mengincar orang-orang yang tidak bersalah. Anak-anak tak berdosa yang sedang bermain."

"Tunggu, maksudmu, anak-anak yang bermain game dihukum karena hal-hal yang mereka lakukan di dalam game? Tapi permainan game tidak nyata! Bagaimana bisa mereka dihukum dalam kehidupan nyata untuk sesuatu yang tidak nyata?"

"Saya tahu itu, dan Anda juga tahu itu, tapi, bagi The Furies, semuanya sama saja. Jika dalam sebuah permainan untuk membunuh seseorang, Anda akan melalui proses berpikir yang sama seperti seorang pembunuh. Hal ini melibatkan perencanaan, dengan niat untuk membunuh dan kemudian melakukannya. Dalam beberapa kasus, pembunuhan massal terlibat. Dan ya, mereka tidak bersalah, dan mereka diminta untuk melakukan hal-hal tersebut untuk melangkah lebih jauh dalam permainan. Bagi The Furies, anak-anak adalah orang yang tidak dihukum dan mereka adalah permainan yang adil ketika mereka berada dalam permainan."

"Tunggu sebentar!" E-Z berseru. "Apa sebenarnya yang Anda katakan di sini? Saya pikir saya sudah mengerti maksudnya, bagaimana para Penangkap Jiwa masuk, tapi idenya sangat jahat... Saya bahkan tidak ingin memikirkannya, apalagi mengatakannya."

"Kemurkaan membalas dendam kepada para pemain game. Mereka yang telah berdosa di dalam hati mereka," kata Reiki. "Mereka tidak ditakdirkan untuk mati! Penangkap Jiwa mereka belum siap untuk menerima jiwa mereka sehingga..."

"Mereka tidak punya tempat untuk pergi," kata Hadz.

"Dan Kemurkaan mengumpulkan mereka di sini, dengan menciptakan suku Jiwa mereka sendiri. Mereka menyimpan jiwa-jiwa anak-anak dalam Soul Catcher yang dicuri."

"Ini menciptakan kekacauan," kata Hadz.

"Jadi, kalian harus membantu."

"Tunggu sebentar!" E-Z berkata. "Tunggu sebentar!"

BAB 25

EMPAT MATA

"Oh, oh," teriak Hadz, saat awan gelap bergerak cepat melintasi langit dan menuju ke arah mereka.

"Mereka tidak mungkin menembus perisai pelindung!" Reiki berseru.

E-Z melirik dari balik bahunya. Apa yang dilihatnya adalah sesuatu berwarna hitam yang bukan awan. Karena benda itu seperti ular. Dengan lidah bercabang yang menjilati udara. Bukannya memiliki dua mata, makhluk itu memiliki banyak mata. Terlalu banyak untuk dihitung. Masing-masing dengan darah yang menetes ke bawah. Darah dan nanah kuning mengepul.

Lidah makhluk itu bergeser dari kanan ke kiri. Membuat suara mencambuk, sementara rahangnya terbuka dan tertutup. Dan dari tenggorokannya terdengar suara menggeram, yang bergantian antara pekikan dan dengungan.

Dengan angin di belakangnya, bau busuk yang paling busuk memenuhi udara dan segera mencapai lubang hidung E-Z, Hadz dan Reiki.

Bau itu sangat busuk. Lebih busuk dari belerang. Atau telur busuk. Lebih menjijikkan daripada cairan septik dan mayat busuk digabungkan.

Ketiganya bergerak lebih tinggi, sehingga mereka dapat melihat melewati punggung bukit yang tidak mereka sadari sebelumnya. Di belakangnya, terdapat wadah-wadah perak. Penangkap Jiwa. Sejauh mata memandang.

"Begitu banyak! Apa semuanya diisi oleh anak-anak? Oh, tidak!" E-Z berkata dengan nada sengau karena dia masih menutup hidungnya. Meskipun dia masih bisa mencium bau busuk.

PTOOEY.

Mereka menghindari semprotan nanah kuning yang lengket.

"Apa-apaan itu?" E-Z berseru.

Di bawahnya terlihat sebuah bola mata raksasa. Bola mata itu telah tertutup. Menyamar.

PTOOEY. PTOOEY. PTOOEY.

"Oh tidak!" E-Z berseru. "Mata boogers!"

Ia menembak ke arah mereka, menembakkan cairan panas dan lengket.

"Tahan!" Hadz dan Reiki berteriak.

Masing-masing memegang salah satu telinga E-Z.

"Ahhhhh!" teriaknya.

PTOOEY.

E-Z menghindari pukulan itu, tapi hampir saja mengenai kursi rodanya.

FIZZLE.

POP.

POP.

E-Z kembali ke tempat tidurnya lagi. Bulir-bulir keringat menetes di dahinya.

Sementara itu, Alfred terus mendengkur di ujung ranjang.

"Itu terlalu dekat untuk kenyamanan!" E-Z berkata. "Apakah mereka menembus perisai pelindung? Apakah mereka melihat kita? Apakah mereka tahu siapa saya, di mana saya tinggal?"

"Tidak, kita keluar dari sana sebelum mereka bisa masuk," kata Reiki.

"Mungkin ini pertanyaan yang bodoh, tapi kenapa kamu tidak langsung saja meletuskan kita keluar masuk dari sana. Daripada meluangkan waktu untuk terbang jauh-jauh ke sana - dan membahayakan nyawa kita?"

"Kami harus MENUNJUKKAN kepada kalian."

"Sebelum pertempuran... Mereka menyebutnya apa..."

"Maksudmu pengintaian?" E-Z bertanya.

"Ya, benar. Kami harus menunjukkannya padamu. Kau harus melihatnya, dengan matamu sendiri. Semuanya. Apa yang Anda hadapi," kata Hadz.

"Kami pikir apa yang akan kamu pelajari, akan sepadan dengan risikonya."

"Saya kira waktu yang akan menjawabnya," kata E-Z.

"Maaf, jika kami bertindak terlalu jauh," kata Hadz.

"Kami benar-benar mementingkan kepentingan Anda."

"Saya tahu Anda melakukannya. Dan aku senang melihat para Penangkap Jiwa. Betapa banyaknya mereka - itu benar-benar mengejutkan saya."

"Ya, itu mengejutkan kami juga. Dan dapat dipastikan hal itu juga mengejutkan para malaikat agung. Ketika mereka pertama kali melihatnya."

"Kamu seharusnya tidak mengatakan itu," kata Reiki.

POP.

Hadz menghilang.

"Oh, sekarang, tidak apa-apa," kata E-Z.

"Sudahlah."

"Aku masih tidak tahu apa yang The Furies dapatkan dari ini? Apa tujuan akhir mereka? Apakah ada yang sudah mengetahuinya?"

"Mereka menambahkan lebih banyak lagi setiap hari. Lebih banyak anak-anak yang bermain game, tersedot ke dalam jaringan mereka."

"Tapi mengapa tidak ada protes dari masyarakat? Bukankah seharusnya kita memberi tahu para pemimpin dunia, Presiden, Perdana Menteri? Apakah tidak ada yang bisa mereka lakukan?"

"Coba pikirkan, apa hal pertama yang akan mereka lakukan? Mereka akan mengirim tentara. Lebih banyak orang akan mati. Lebih banyak Penangkap Jiwa yang dibutuhkan sebelum waktunya.

"Permainan dari apa yang kami amati adalah fenomena di seluruh dunia. Para suster jahat mengambil jiwa anak-anak yang tidak menaruh curiga."

"Tapi sebagian besar pemimpinnya memiliki anak sendiri," kata E-Z. "Tentunya, jika mereka tahu, mereka ingin melindungi anak-anak mereka dan mereka juga ingin melindungi anak-anak lain."

"Sepertinya The Furies akan memusatkan perhatian pada anak-anak mereka. Itu akan seperti menjuntaikan tongkat di depan mereka," kata Reiki.

POP.

Hadz kembali.

"Mereka akan senang jika bisa menghancurkan anak-anak yang hebat dan kuat. Saat ini, apa yang mereka lakukan adalah acak - dipilih dalam permainan," kata Reiki.

"Ceritakan lebih banyak lagi yang kamu ketahui tentang mereka." E-Z bertanya.

Hadz berbisik, "Nama mereka adalah Allie, Meg dan Tisi. Allie memiliki sifat pemarah, Meg memiliki sifat pencemburu dan Tisi dikenal sebagai pembalas dendam."

"Oke, jadi, mengapa mereka berbau busuk? Dan bagaimana mereka bertiga bisa dikalahkan?" E-Z bertanya sambil melihat jam tangannya. Saat itu baru saja pukul 8 pagi. Dia harus berbicara dengan anggota geng yang lain, untuk mendapatkan Rosalie kembali. Bagaimana dia akan memberitahu mereka tentang trio mengerikan ini dan semua anak-anak di Soul Catchers itu?

"Legenda mengatakan bahwa mereka dihukum karena melakukan pekerjaan mereka, di masa lalu. Sekarang mereka telah menemukan celah dengan Virtual Reality, sebuah penemuan manusia yang masih baru." Hadz ragu-ragu. "Mengapa manusia tidak pernah ingin menjalani hidup mereka di masa sekarang? Mengapa mereka harus melarikan diri dan memainkan permainan bodoh yang membahayakan nyawa mereka?" Malaikat yang ingin menjadi malaikat itu bermuka merah dan sangat marah."

Reiki mencoba menghibur temannya dengan berkata, "Mereka tidak tahu apa yang mereka lakukan."

"Ketidaktahuan bukanlah alasan," kata E-Z. "Kita harus mengirim mereka kembali ke tempat mereka sebelum VR ditemukan. Dan kita perlu mengembalikan jiwa anak-anak yang telah mereka ambil dengan kepura-puraan. Hanya saja, BAGAIMANA kita bisa meyakinkan mereka bahwa mereka melakukan kesalahan? Bahwa mereka mencuri nyawa dan menghukum orang karena pikiran, bukan perbuatan?

"Sekarang setelah saya melihat sekilas tentang The Furies - saya tahu kami harus membantu Anda lebih dari sebelumnya. Tapi saya masih harus meyakinkan yang lain. Bahkan jika mereka setuju, kami masih berjuang melawan rintangan. Saya ingin bersikap positif. Katakanlah kita sanggup melakukan tugas ini. Tapi kita tidak akan tahu pasti, sampai saatnya tiba untuk bertarung."

Dia meninju bantalnya dan memangkunya di pangkuannya. "Tunggu sebentar, apakah mereka mati? Maksudku, apakah The Furies melarikan diri dari Penangkap Jiwa mereka sendiri? Dan jika iya, bagaimana caranya? Siapa yang membantu mereka keluar?"

Hadz menatap Reiki dan Reiki menatap Hadz.

POP.

POP.

Mereka pergi.

"Bagus!" E-Z berkata. "Hanya panik fantastis!"

BAB 26

KESEIMBANGAN

Meskipun dia mencoba untuk tidur, E-Z tidak bisa. Dia terus berpikir sambil bertanya pada dirinya sendiri. Pertanyaan-pertanyaan yang tidak bisa dia jawab.

Jadi, dia bangun dari tempat tidur dan membuka komputernya dan melakukan pencarian.

Tak lama kemudian, dia menemukan sesuatu yang berharga. Ketika dia menemukan sebuah tautan Kemurkaan dan Tiga Rahmat. Mereka tampak seperti yin dan yang satu sama lain. Yang satu baik yang satu jahat. Dia bertanya-tanya bagaimana mereka bisa menggunakan informasi ini untuk keuntungan mereka. Jika dewi-dewi jahat dapat dibawa ke bumi, bisakah dewi-dewi yang baik juga dipanggil kembali?

Pertama, sebelum dia menyarankan para malaikat agung untuk membawa mereka kembali - asalkan mereka bisa melakukannya. Dia ingin tahu persis apa yang akan dibawa oleh The Graces.

Ya, mereka adalah dewi-dewi. Putri-putri Zeus yang merupakan dewa langit. Kekuatan mereka diarahkan pada pesona, keindahan, dan kreativitas. Dia membaca terus, tapi tidak bisa melihat bagaimana mereka akan banyak membantu melawan The Furies.

Namun, ia masih memiliki waktu sehingga ia melanjutkan membaca dan membaca beberapa teks yang diakreditasi oleh Nietzsche. Teori-teorinya tentang kebaikan dan kejahatan masih didiskusikan dan diperdebatkan di berbagai forum.

Kemudian sebuah kenangan muncul di kepalanya. Hal itu terjadi sedikit demi sedikit, kenangan kembali kepadanya tentang orang tuanya. Dia berharap mereka tidak akan pernah berhenti.

Yang satu ini adalah percakapan dengan ayahnya. Tentang Hukum Ketiga Newton. Mereka naik perahu dan memancing.

"Itu adalah cara ikan mendorong dirinya sendiri di dalam air," ayahnya menjelaskan.

Sejak saat itu, dia belajar lebih banyak tentang hal itu dari sekolah. Ia berpikir bahwa Newton dan Nietzsche pasti akan melakukan percakapan yang menarik. Tapi kehidupan mereka terpisah ribuan tahun.

Lalu ia tersadar. Dia, Lia dan Alfred adalah kutub yang berlawanan dengan The Furies.

Apakah para malaikat agung sudah mengetahui hal ini? Apakah itu sebabnya mereka terlihat begitu bersikeras bahwa hanya dia dan timnya yang bisa mengalahkan The Furies?

Pertanyaan yang terus muncul di benaknya adalah - bisakah mereka menang?

Apakah mungkin untuk menghentikan The Furies?

Dia harus membicarakannya dengan yang lain.

Dia mematikan komputernya, dan kembali untuk tidur sejenak sebelum yang lain terbangun.

Semua orang berharap dia memiliki semua jawabannya. Dia tidak memilikinya, tetapi dia melakukan yang terbaik. Sejak dia menjadi pemimpin, hidup memang seperti itu.

BAB 27

KAMAR MERAH

E-Z berada di sebuah ruangan berwarna merah. Sebuah ruangan yang berbau darah. Bau besi yang menyengat melukai hidungnya dan dia menutupinya dengan tangannya, lalu berjalan maju beberapa langkah. Langkah kakinya meninggalkan jejak di lantai yang berlumuran darah. Di mana dia? Di neraka? Setidaknya dia memiliki kemampuan untuk berlari ke sini, tapi kemana? Tidak ada pintu. Tidak ada jendela. Tidak ada cahaya apapun, namun, dia bisa melihat semuanya berwarna merah. Dan basah.

Dia mengeluarkan ponselnya dan mengklik aplikasi senter. Dengan menggunakan sinar senter, ia mengikuti dinding-dinding di sekelilingnya. Semuanya sama. Berdarah dan menetes. Dan berbau busuk. Dia menunggu. Meminta bantuan sepertinya bukan hal yang cerdas untuk dilakukan. Dia mungkin lebih baik jika apa pun yang membawanya ke tempat ini tidak datang menemuinya. Dia lebih baik tidak bertemu dengan mereka. Sinar senternya mati dan ponselnya mati. Takut untuk bergerak, dia berdiri diam dan mendengarkan.

Merangkak, sesuatu. Merayap, di sepanjang lantai. Satu menuruni dinding ke kanan dan satu lagi ke kiri. Tiga. Ular.

Kemudian udara di dalam ruangan berubah, dan bau yang tidak asing lagi. Busuk. Eggy. Belerang. Bangkai yang membusuk.

Dia menutup hidungnya. Seperti sebelumnya, itu tidak menutupi bau busuk yang menjijikkan.

Dia menunggu.

Jadi, mereka ingin dia sendirian. Mereka mendapatkannya. Dia akan memastikan mereka menyesal jika itu adalah hal terakhir yang dia lakukan.

"Kami bisa memakanmu untuk sarapan," teriak Tisi.

"Atau makan siang," kata Alli. "Lagipula, saya agak lapar."

"Atau teh sore, tidak banyak yang tersisa. Tidak cukup untuk dibagi bertiga," kata Meg.

E-Z memusatkan setiap serat keberadaannya pada sayapnya. Sayapnya adalah satu-satunya harapan untuk melarikan diri dan mereka tidak berguna.

"Lihat!" Meg menjerit. "Dia mencoba menggunakan sayapnya yang kecil."

Tisi dan Alli mengangkat diri mereka. Meg bergabung dengan mereka saat mereka melayang di luar jangkauannya.

Di bawah kakinya, lantai bergetar dan bergemuruh. Seolah-olah lantai itu akan terbuka dan menelannya. Dia mundur, untuk memantapkan diri di dinding. Namun ketika dia menyentuhnya, bajunya terasa basah. Dan ketika dia meletakkan tangannya di atasnya, tangannya kembali berlumuran darah.

"Saya tidak takut, pada kalian tiga perempuan jalang!" teriaknya.

"Mungkin kau tidak takut pada kami - belum -" Meg menjerit.

"Tapi kalian akan segera takut," desis Tisi.

"Untuk saat ini, kamu bisa menghadapi ketiganya," bisik Meg, nafasnya yang busuk hampir membuatnya muntah.

Ketiga ular itu menggunakan keunggulan ketinggian untuk melompat ke arahnya. Lidah mereka yang bercabang mendesis dan meludah. Kemudian mereka mulai melilit satu sama lain. Bergabung, melilit. Hingga mereka menjadi satu ular besar, dengan tiga kepala dan tiga cambuk. Cambuk yang menjentik ke arah E-Z untuk menahannya di tempat.

Dia mendorong dirinya lebih jauh ke belakang. Mendengar darah yang muncrat di belakangnya, entah bagaimana memberinya kenyamanan. Tubuhnya menjadi rileks saat punggungnya tenggelam ke sudut dinding yang meneteskan darah.

"Lihat dia," kata Tisi. "Dia hanya seorang anak laki-laki dan dia tidak menyakiti siapa pun. Bahkan, dia adalah anak yang baik, sayang sekali kita harus menghancurkannya."

"Ya, hatinya murni," kata Meg. "Tapi dia memiliki noda hitam di hatinya. Noda dendam yang ingin dia balaskan kepada mereka yang bertanggung jawab atas kematian orangtuanya."

"Jangan bicara tentang orang tuaku!" E-Z berteriak, mendorong dirinya lebih jauh ke dalam dinding yang berdarah. Dia takut. Takut apa yang mereka katakan adalah benar. Dia memejamkan matanya. Jika dia tidak dapat melihat mereka, mungkin mereka akan pergi. Lalu sesuatu di belakangnya memberi jalan. Dan dia terjun bebas, ke belakang. Tumbling. Jatuh.

THUMP

Dia mendarat di kursi rodanya, dan mereka terbang.

Kembali ke Ruang Merah Kemurkaan sangat marah!

"Kejar dia!" Tisi berteriak.

"Tangkap dia!" Meg menangis.

"Sudah terlambat!" Alli berkata. "Sepertinya dia sudah lenyap!"

"Ayo kita kembali ke Death Valley," kata Meg. Mereka pergi, meninggalkan Ruang Merah dalam keadaan kosong. Tapi bau busuk mereka masih tersisa.

THUMP.

"Kau berdarah," kata Sam. "Ayo kita bawa dia ke kamar mandi. Kita bisa melihat seberapa parah dia terluka." Sam mendorong kursi roda ke arah pintu.

"Tidak, hentikan!" E-Z berkata. "Aku tidak apa-apa. Darah itu bukan darahku. Tapi aku harus membersihkan diri. Untuk menghilangkan bau busuknya. Lalu aku akan menjelaskan apa yang terjadi. Aku janji."

"Selama kamu yakin kamu baik-baik saja," kata Sam.

Setelah dia pergi, Sam, Lia dan Alfred tidak bisa memikirkan apa pun untuk dikatakan satu sama lain. Mereka menunggu dalam keheningan, menunggu dia kembali.

Di kamar mandi, E-Z memposisikan kursi rodanya di atas tanjakan. Ketika mereka membangun kembali rumah itu, Paman Sam menciptakan kamar mandi baru untuknya. Ini memberinya lebih banyak kebebasan. Dan itu menyenangkan! Mirip dengan tempat cuci mobil.

Dia menggapai ke atas, dan memasukkan lengan dan lehernya melalui tali pengikat. Dia menekan sebuah tombol agar dia bisa bergerak maju, dan kursinya mengikuti. Dengan segera air mulai mengalir. Membersihkan tubuh dan pakaiannya secara bersamaan. Sesekali sabun mandi atau sampo disemprotkan, diikuti dengan air untuk membersihkannya.

Setelah bersih, dia terus bergerak maju dan menyalakan mekanisme pengeringan. Mesin tersebut mengeringkan dirinya dan pakaiannya dan membuatnya bebas kusut dalam hitungan menit.

Ketika dia sampai di ujung, dia melepaskan tali pengikatnya, dan menjatuhkan diri ke kursinya. Dia memeriksa dirinya di cermin. Rambutnya sudah terlihat sangat bagus sehingga dia bahkan tidak perlu menyisirnya. Dia berjalan kembali ke kamarnya. Ketika ia melihat teman-temannya, perutnya terasa mulas, dan ia pun muntah.

"Saya minta maaf," katanya. "Sangat menyesal."

Lia dan Alfred memeluknya. Mereka tidak khawatir dengan muntahannya. Teman-teman yang setia tidak mengkhawatirkan hal-hal seperti itu.

Sam pergi mengambil mangkuk dan air untuk membersihkan keponakannya.

E-Z berterima kasih atas bantuannya dan itu memberinya waktu untuk memikirkan apa yang akan dia katakan dan bagaimana dia akan mengatakannya.

"Terima kasih, Paman Sam. Eh, apa yang harus saya katakan. Ini tidak bagus."

"Lanjutkan," kata Alfred.

"Kami di sini untukmu," kata Lia.

"Duduklah Paman Sam."

Mereka mendaftar tanpa mengucapkan sepatah kata pun.

"Saya ikut," kata Alfred.

"Aku juga," kata Lia.

"Saya bertiga," kata Sam.

"Setuju," kata E-Z. Dan sedetik kemudian, dia sudah kembali ke ruang putih. Atau ke sanalah dia berharap akan pergi.

Di mana saja lebih baik daripada ruang merah. Di mana saja.

BAB 28

KAMAR PUTIH

Ruangan putih itu terasa berbeda ketika kakinya menyentuh tanah.

E-Z merasa sangat senang, bisa kembali ke dalam kenyamanan ruangan putih. Di mana dia bisa berjalan-jalan. Menyentuh buku-buku. Mencium buku-buku itu. Tapi ada sesuatu yang terasa aneh. Mati.

Dia menenangkan diri. Menyadari tangannya gemetar. Lututnya gemetar. Sekarang giginya bergemeletuk.

Dia melingkarkan tangannya di sekelilingnya, berharap dia membawa jaketnya. Dia menunggu, berharap ada yang datang. Ternyata tidak.

"Tempat apa ini?" tanyanya.

Tidak ada jawaban.

"Burger keju, dengan kentang goreng," katanya.

Tidak ada.

"Chop suey, dengan telur gulung," katanya, dengan otoritas yang lebih besar.

"Saya ingin tahu di mana saya berada!" teriaknya.

Tidak ada.

Nadda.

"Rosalie?" dia memanggil. "Apa kau di sana? Eriel? Raphael? Siapa saja? Hadz? Reiki?"

Sekali lagi tidak ada.

Bahkan tidak ada PFFT yang sopan untuk membuatnya rileks.

Keakraban buku-buku itu adalah satu-satunya jangkar yang menahannya di tempat ini. Dia berjalan menuju tangga, memindahkannya ke bawah Ds. Berharap menemukan Charles Dickens, dia mulai memanjat. Namun, ia menemukan bahwa setiap buku yang disentuhnya berhubungan dengan dunia game.

Apa?

Dan tak satu pun dari buku-buku itu memiliki sayap. Semuanya masih baru. Sepertinya belum pernah ada yang membukanya.

Dia hampir terjatuh dari tangga ketika sebuah suara berkata,

"E-Z Dickens - ini bukan ruangan putih yang Anda kenal. Ini adalah sebuah replika. Anda telah dikirim ke sini untuk melakukan penelitian. Setiap buku yang Anda butuhkan ada di ujung jari Anda. Setiap buku harus dibaca dan ditinjau secara lengkap."

"Saya tidak bisa membaca semua buku ini dengan cepat; saya butuh waktu bertahun-tahun untuk menyelesaikan semua buku ini!"

"Itulah sebabnya, Anda akan diberi kekuatan tambahan. Kekuatan yang hanya akan terwujud di dalam dinding ruangan ini. Bacalah sekarang. Cepat. Dengan penuh semangat. Hafalkan semuanya."

Ketika suara itu berakhir, suara yang lain dimulai,

"Sepuluh, sembilan, delapan, tujuh, enam, lima, empat, empat, tiga, dua, satu. Sekarang, bacalah E-Z Dickens. Langsung saja."

E-Z membaca dengan cepat setiap buku.

Ketika dia menyelesaikan satu buku, buku yang lain segera jatuh ke tangannya. Lalu buku yang lain, dan buku yang lain lagi.

Dia membaca semuanya, sampai dia tidak bisa membaca lagi.

Dia berharap kepalanya tidak akan meledak!

Kemudian dia jatuh ke dinding, memojokkan diri ke sudut dan menangis sambil merumuskan sebuah rencana di dalam pikirannya.

Ide itu muncul ketika dia memikirkan PJ dan Arden. Mengapa The Furies membuat mereka koma dan bukannya Soul Catchers? Mereka ada di dalam game - mereka bermain game sepanjang waktu, mengapa tidak membunuh mereka?

Rencananya berjalan seperti ini: Dia dan timnya akan menciptakan game multipemain mereka sendiri. Sam mengenal orang-orang yang bisa membantu dalam industri ini. Ketika The Furies menukik untuk mengambil jiwa mereka - mereka akan mengalahkannya.

Dia berharap Arden dan PJ ada di sana untuk bermain bersamanya - karena mereka akan mendukungnya. Tidak apa-apa, dia akan melindungi mereka. Dia akan menyelamatkan mereka dan membebaskan mereka.

Dia mondar-mandir ke sana kemari, memikirkan semuanya. Satu aspek saja tidak akan berhasil. Jika dia mengajaknya bermain, dan menolak untuk membunuh - mereka akan mengincarnya. Dan itu mungkin akan membahayakan orang lain.

Dia tidak bisa menyuruh semua pemain game di dunia untuk berhenti bermain. Jika dia mengatakan yang sebenarnya, tentang tiga dewi yang mencoba mencuri jiwa mereka, mereka akan memenjarakannya.

Namun, itu adalah satu-satunya ide. Satu-satunya jalan yang jelas yang bisa dia lihat untuk mengalahkan The Furies dalam permainan mereka.

Pasrah bahwa dia tidak bisa memikirkan hal lain yang lebih baik, dia berkata, "Keluarkan aku dari sana."

Dan saat itu juga, dia sendirian di ruangan putih yang sebenarnya bersama Rosalie dan Raphael. Dia bertanya-tanya di mana Eriel berada, bukan berarti dia merindukannya.

"Oke, aku punya ide. Semacam rencana," katanya. "Tapi aku tidak yakin apakah itu akan berhasil. Aku butuh jawaban untuk dua pertanyaan. Dan saya punya permintaan untuk pertanyaan ketiga - permintaan itu tidak bisa ditawar."

"Tanyakan saja," kata Raphael.

"Pertama, apakah saya bisa menyelamatkan sahabat saya PJ dan Arden jika kita menghadapi The Furies?"

Raphael ragu-ragu sebelum berbicara. "Jika kamu berhasil, tidak ada alasan mengapa teman-temanmu tidak bisa diselamatkan."

"Menyeberangi hatimu?" katanya.

Dia melakukannya.

"Seperti yang saya duga, kondisi mereka tergantung pada The Furies. Apakah itu benar?"

"Ya, kami percaya itu benar. Teman-temanmu beruntung karena jiwa mereka tetap utuh. Yang kami tidak tahu adalah mengapa mereka menjadi sasaran kemurkaan. Dalam setiap kasus lain yang kami ketahui, mereka telah mengambil jiwa anak-anak. Kami tidak tahu ada orang lain seperti teman-temanmu yang tetap hidup dalam keadaan koma."

"Saya juga tahu tentang itu, tapi yang perlu saya ketahui adalah, jika The Furies dikalahkan, apa yang akan terjadi pada PJ dan Arden? Apa yang akan terjadi pada semua anak-anak yang jiwanya sudah berada di penangkap jiwa? Mereka tidak seharusnya mati. Dan apa yang akan terjadi pada jiwa-jiwa tunawisma?"

"Saat ini, The Furies menggunakan kekuatan internet. Itu memberi mereka akses ke hati dan rumah setiap orang di planet ini. Ini seperti Anda semua membiarkan pintu dan jendela Anda terbuka - sehingga siapa pun bisa masuk. Memang hanya ada tiga The Furies - tapi kekuatan mereka sangat besar. Mereka adalah makhluk mitos, dewi yang asalnya dari Zeus. Anda pernah mendengar tentang Zeus, bukan?"

"Saya baca dia adalah dewa langit dan ayah dari Tiga Anugerah. Apakah mereka bisa membantu kita, jika kamu membawa mereka kembali?"

"Zeus tidak ada dalam hal ini. Begitu juga dengan putri-putrinya. Kami para malaikat agung tidak bermain-main dengan waktu. Dan kami selalu percaya bahwa Penangkap Jiwa itu suci. Tak tersentuh. Sampai sekarang."

"Bagus, jadi menurutmu teman-temanku telah menjadi sasaran kemurkaan, tapi kau tak begitu yakin. Tidak lebih dari aku, kan?"

"Benar. Itu karena saya tidak bisa mengatakan seratus persen ya atau tidak. Jika teman-temanmu bermain game. Maksudku membunuh di dalam permainan... Maka mereka akan memenuhi kriteria The Furies.

"Tapi jika mereka ingin mereka mati - mereka pasti sudah mati. Kecuali...tidak, itu tidak masuk akal. Itu berarti mereka tahu tentang Anda dan tim Anda. Tidak mungkin mereka tahu. Kami telah merahasiakannya. Jika mereka tahu, maka mereka akan membiarkan teman-temanmu tetap hidup untuk berjaga-jaga, karena mereka membutuhkan pengaruh."

"Maksudmu sebagai alat tawar-menawar?"

"Mungkin, sejujurnya saya tidak tahu. Seperti yang saya katakan, kami telah merahasiakan segala sesuatu tentang Anda dan tim Anda. Kami, termasuk saya dan para Malaikat Tertinggi lainnya akan melakukan apapun untuk melindungimu.

"Kemurkaan telah diberikan kekuatan selama berabad-abad. Tapi mereka tidak pernah mengincar anak-anak yang tidak bersalah. Mereka tidak pernah memutarbalikkan agenda mereka agar sesuai dengan tujuan mereka."

"Apa tujuan mereka?" E-Z bertanya.

"Itu yang tidak kita ketahui."

E-Z berkata, "Itulah mengapa kita harus memiliki kesempatan terbaik, untuk menang melawan mereka."

"Tepat sekali, tapi setiap hari mereka mencuri lebih banyak jiwa anak-anak, dan mereka mempercepat prosesnya."

"Mempercepat, seberapa banyak?" E-Z bertanya.

"Dalam jumlah ribuan, kami pikir, tapi sebentar lagi akan menjadi jutaan. Tidak lama lagi akan terlambat untuk menghentikan mereka."

"Oke, saya mengerti apa yang beresiko di sini, tapi kita hanya anak-anak dan kita tidak ingin masuk secara membabi buta. Kita manusia biasa dan mereka juga. Kita harus berpikir, mempertimbangkan semua opsi sebelum mempertaruhkan nyawa."

"Kami mengerti dan seperti yang saya katakan, kami akan mendukung Anda."

"Sekarang ke pertanyaan saya selanjutnya, saya ingin tahu apa yang harus saya lakukan dengan Charles Dickens yang berusia sepuluh tahun?"

"Oh, itu dia," kata Raphael. "Pertama-tama, kami tidak ada hubungannya dengan reinkarnasinya. Kami memiliki teori, selain yang kami katakan, yaitu bahwa Anda memanggilnya. Kami bertanya-tanya apakah kembalinya dia, merupakan sebuah kesalahan dari pihak mereka. Mungkin alam semesta terbuka dan mengirimnya untuk membantu Anda, sebagai keseimbangan. Bagaimanapun, dia adalah saudara sedarah. Dan dia adalah seorang pendongeng, dan ahli plot. Dia mungkin memiliki alat dan wawasan yang belum Anda ketahui untuk membantu Anda mengalahkan The Furies."

E-Z memilih kata-katanya dengan hati-hati. "Tapi dia masih anak-anak. Dia belum menulis satu hal pun. Dia akan menjadi pengalih perhatian dan dia berasal dari waktu yang berbeda dan mungkin akan membahayakan kita dan misi kita."

"Tergantung," kata Raphael. "Dia bisa menjadi senjata rahasia. Dia ada di sini, untukmu. Jika Anda percaya padanya. Bahwa dia dilahirkan untuk menjadi seorang penulis. Kemudian, pada usia sepuluh tahun dia sudah memiliki semua keterampilan yang dibutuhkan. Gunakan dia untuk keuntungan Anda jika Anda memilih untuk melakukannya."

E-Z mengepalkan tinjunya. "Maksudmu kita harus menggunakan sepupuku sebagai umpan?"

Raphael tertawa dan berkibar-kibar, menimbulkan angin sepoi-sepoi yang tidak perlu.

"Akan lebih baik jika kamu berhenti mengepakkan tangan," kata Rosalie. "Aku sudah berlapis-lapis baju hangat, tetap saja aku tidak bisa merasa hangat di sini. Ngomong-ngomong, aku ingin pulang sekarang. E-Z dan yang lainnya sudah setuju, jadi saya sudah melakukan bagian saya. Sekarang, sampai jumpa, selamat tinggal. Biarkan aku pulang."

BINGO.

Rosalie menghilang dan kembali ke kamarnya. Dia berbicara dengan Lia di dalam pikirannya, mengatakan bahwa dia telah kembali tanpa cedera dan sekarang akan tidur siang.

E-Z memikirkan persyaratan lain yang tidak bisa ditawar.

"Aku ingin Hadz dan Reiki bersamaku, di tim kita."

Raphael tersenyum. "Hadz dan Reiki terikat pada Eriel oleh pemimpin kita, Michael."

"Biar aku yang bicara dengannya. Mereka berdua telah membantu kita. Mereka datang ketika aku memanggil. Jika kita akan melawan kejahatan kuno, kita membutuhkan mereka berdua di pihak kita untuk membantu kita."

"Michael tidak dapat berbicara denganmu. Namun, aku akan mengajukan permintaanmu. Jika dia merasa perlu, dia akan memberitahuku dan aku akan memberitahumu. Apakah ada hal lain?"

"Ya. Saya perlu tahu bagaimana cara menyingkirkan The Furies. Apakah kita ditakdirkan untuk membunuh mereka? Untuk mengirim mereka kembali ke tempat asal mereka? Apa sebenarnya yang Anda minta kami lakukan dengan para dewi ini?"

"Mengikat mereka, menahan mereka - dan kami akan melakukan sisanya. Jika rencanamu berhasil, maka kita akan bisa mengendalikan para Penangkap Jiwa. Kita akan mengatur ulang semuanya seperti semula."

"Bagaimana dengan mereka yang mati sebelum waktunya?"

"Semua akan disamakan... setelah musuh-musuh telah dinetralisir."

"Sebelum Anda mengirim saya kembali," kata E-Z, "Saya butuh sesuatu, jaminan bahwa Anda tidak akan menyeberangi kami lagi. Memberi kami Hadz dan Reiki seharusnya menjadi jaminan itu, tapi karena Anda tidak bisa memberikannya, maka saya butuh sesuatu yang lain. Sesuatu yang dapat saya bawa kembali ke yang lain dan mengatakan, ini adalah bukti bahwa mereka tidak akan mengingkari kami seperti yang telah mereka lakukan di masa lalu."

"Seperti apa?"

"Kacamatamu," katanya.

Raphael berlutut, sayapnya berhenti mengepak dan mundur. "Bukan itu, selain itu," teriaknya. "Tanpa kacamataku, aku tidak bisa menolongmu dan tidak bisa menolong siapapun."

"Para malaikat agung telah menahan Rosalie di sini di luar keinginannya. Memanfaatkannya untuk mendapatkanku. Anda telah berubah pikiran tentang janji-janji yang telah dibuat, membatalkan uji cobaku..."

Dia menyentuh pinggiran kacamatanya, lalu melepaskannya. Di tangannya, kacamata itu berubah menjadi seekor ular, ular merah yang merayap di lengan E-Z, dan merayap naik, naik, naik.

"Apa-apaan ini!" E-Z berteriak, saat ular itu terus merayap ke lehernya. Melewati ujung dagunya. Ular itu merayap di atas bibirnya yang tertutup rapat. Naik dan melewati hidungnya. Kemudian ular itu membelah dua, dan melilitkan ujungnya ke kedua telinganya. Kemudian kembali ke bentuk semula berupa kacamata yang berdenyut.

"Kacamata saya adalah milik Anda sekarang, apa pun yang Anda lakukan - jangan biarkan kemurkaan mengambilnya dari Anda. Jika itu terjadi, maka kita semua akan hancur."

"Tunggu!" suara dari dinding berkata. "Bagaimana jika kalian gagal? Lagipula kalian hanya anak-anak."

"Saya tidak bisa menjanjikan kesuksesan - tapi kami akan memberikan semua yang kami miliki. Tapi akan lebih baik jika kami tahu, jika kami membutuhkan bantuan Anda, Anda akan menggunakan kekuatan Anda untuk membantu kami."

"Setuju," suara itu menggelegar.

E-Z kembali duduk di kursi rodanya di kamarnya dengan kacamata merah yang masih menempel di wajahnya.

"Kamu harus berhenti melakukan itu," kata Paman Sam, yang sedang merapikan tempat tidur keponakannya. "Sebelum saya lupa, Sam dan saya mengunjungi PJ dan Arden hari ini saat kami melakukan pemeriksaan di rumah sakit. Kami bertemu dengan ayah PJ; dia memberi kami kabar terbaru. Mereka berbagi kamar di rumah sakit sekarang, tetapi kondisi keduanya tidak berubah."

"Terima kasih, saya akan menelepon mereka. Baiklah semuanya, berkumpul."

BAB 29
APA YANG HARUS DILAKUKAN?

"Apakah Anda membutuhkan saya untuk tinggal?" Sam berhenti sejenak. "Karena istri saya menunggu saya untuk memijat kakinya. Bayinya akan lahir kapan saja, jadi membiarkannya menunggu bukanlah sebuah pilihan."

"Eh, silakan saja dan rawat dia," kata E-Z. "Aku akan memberitahumu detailnya nanti."

Lia memeluk Sam.

"Terima kasih," kata Sam sambil menutup pintu di belakangnya.

Bel pintu depan berbunyi.

"Aku mendapatkannya!" Sam berseru sambil berlari menuju pintu depan.

"Dia punya banyak pekerjaan," kata E-Z.

"Akan lebih mudah, saat bayinya lahir," kata Lia.

"Akan lebih kacau," kata Alfred. "Tapi jangan khawatirkan hal itu sekarang."

"Jadi, apa yang terbaru?" Lia bertanya.

"Mulailah dengan hal-hal positif jika ada. Saya berharap ada," kata Alfred.

"Kabar baiknya, saya punya ide. Kabar buruknya, saya tidak tahu apakah itu akan berhasil melawan musuh kita. Mereka dikenal sebagai The Furies. Apakah salah satu dari kalian pernah mendengarnya? Saya tahu nama itu dari mitologi, dan mereka muncul di beberapa game."

Lia menggelengkan kepalanya tidak.

Alfred berkata, "Aku pernah mendengar tentang mereka, tapi itu sudah lama sekali. Sepertinya kita pernah membacanya di SMA, dulu. Aku ingat mereka jahat - tiga dari mereka mungkin? Dan bukankah mereka adalah dewi? Saya memiliki bayangan Medusa di kepala saya. Apakah mereka berhubungan?"

"Mereka lebih buruk. Jauh lebih buruk karena mereka bertiga," kata E-Z. "Saat saya muntah, itu terjadi setelah pertemuan kedua saya dengan mereka. Pada pertemuan pertama, saya sedang dalam perjalanan dengan Hadz dan Reiki. Apa yang mereka sebut sebagai pengintaian kecil. Dan jangan khawatir, kami disamarkan, tetapi saya belajar banyak. Mereka telah mendirikan markas di Death Valley.

"Seperti yang kami duga, mereka menargetkan anak-anak. Dalam dunia game. Lia, kamu bertanya apa tujuan mereka... Itu untuk mendorong anak-anak melewati batas. Anak-anak seusia kita, dan bahkan lebih muda.

"Setelah mereka mendapatkan mereka, mereka mencuri jiwa mereka. Dan mereka memasukkannya ke dalam Soul Catcher yang diperuntukkan bagi orang lain. Jadi, saat mereka mati, tidak ada tempat bagi jiwa mereka untuk pergi."

"Itu sangat jahat!" Kata Lia.

"Jadi, ketika pemilik sebenarnya dari Soul Catcher meninggal, apa yang terjadi dengan jiwa mereka? Maksudku, jika jiwa mereka tidak punya tempat untuk pergi - tidak ada rumah, tidak ada surga - lalu apa yang terjadi pada mereka?" Alfred bertanya.

"Itulah masalahnya. Mereka tidak memiliki tempat peristirahatan yang kekal - jadi ketika mereka mati, mereka hanya melayang-layang. Itu adalah versi ringkasnya. Dan kita harus menghentikan kemurkaan dan kita harus segera menghentikan mereka."

"Bagaimana mereka mengambil jiwa anak-anak? Aku tidak mengerti," tanya Lia.

"Aku juga," kata Alfred. "Anak-anak, terutama anak-anak yang bermain game sangat paham komputer. Bagaimana mereka menempatkan diri mereka dalam bahaya? Bagaimana The Furies bisa mengakses mereka di rumah mereka sendiri, tepat di bawah hidung orang tua mereka?" Dia berpikir sejenak, "Apakah mereka bertanggung jawab atas koma yang dialami PJ dan Arden?"

"Oke, pertanyaan Lia dulu. Kemurkaan menghukum mereka yang tidak dihukum - itulah tujuan mereka secara historis. Senjata utama mereka adalah penyesalan. Mereka membuat orang merasa bersalah. Menyesal telah melakukan kesalahan. Dan ketika mereka melakukan itu, mereka mengambil kendali. Mereka membuat mereka gila, membuat mereka menghancurkan diri mereka sendiri.

"Sudahkah saya ceritakan tentang anak yang datang ke rumah saya dan mencoba menembak saya? Dia mengatakan seseorang di dalam game mengatakan kepadanya bahwa mereka akan membunuh keluarganya jika dia tidak membunuh saya. Mereka menyuruhnya untuk mengejar saya, karena tindakan yang dia lakukan di dalam game. Saya membutuhkan petunjuk dari Eriel untuk membuat hubungan itu. Rasanya aneh pada saat itu, tetapi tidak langsung saya sadari.

"Begitulah cara mereka melakukannya. Seorang anak sedang bermain game dan untuk maju dalam permainan, dia harus membunuh seseorang, atau bahkan melakukan pembunuhan massal, atau, Anda bisa mendapatkan idenya. Di dunia nyata, hal-hal tersebut adalah dosa dan melanggar hukum, di dalam game hal tersebut adalah bagian dari permainan game. Pada sebagian besar game, itu adalah satu-satunya tujuan."

"Tunggu sebentar," kata Alfred. "Apa kamu bilang mereka menghukum anak-anak di dalam game seperti mereka melakukan pembunuhan di kehidupan nyata?"

"Benar," kata E-Z. "Itulah yang mereka lakukan. Bagaimana mereka menggunakan industri game untuk membenarkan - tidak, saya rasa itu bukan kata yang tepat. Maksud saya adalah membenarkan tindakan mereka dalam mengambil jiwa anak-anak."

Lia menutup kedua tangannya dan mengepalkannya. Kemudian dia menggunakannya untuk menutup telinganya seolah-olah dia tidak ingin mendengar lagi. "Kau benar sekali E-Z. Kita tidak punya pilihan - kita harus menghentikan para penyihir itu. Lebih cepat lebih baik."

"Aku tahu," kata E-Z, "tapi itu tidak akan mudah. Mereka adalah dewi-dewi, yang juga dikenal sebagai Putri Kegelapan dan Erinyes. Tujuan utama mereka adalah menghukum orang jahat dan dalam lingkup permainan - semua orang jahat. Itu satu-satunya cara untuk maju dalam permainan."

"Kau bilang kau punya rencana, apa itu?" Alfred bertanya.

"Pertama, menjawab pertanyaan Anda tentang PJ dan Arden. Firasat saya mengatakan bahwa jawabannya adalah ya. Tapi saya sudah bertanya pada Raphael apakah dia bisa memastikannya. Dia mengatakan bahwa dia tidak bisa seratus persen mengatakan satu atau lain hal. Karena The Furies tidak pernah - sepengetahuan mereka - mencuri satu jiwa. Belum lagi, dua jiwa.

"Oh, satu hal lagi yang harus kuberitahukan padamu, di Death Valley, ada ribuan Soul Catcher.

Mungkin lebih dari ribuan dan jumlahnya terus bertambah setiap hari. Mereka ada sejauh mata memandang." Dia berhenti, seperti jantungnya berada di tenggorokannya dan menyeka air mata.

"Sulit untuk menjadi saksi mata. Apa yang mereka lakukan begitu terencana, disengaja. Yang tidak dapat saya pahami adalah, apa untungnya bagi mereka. Maksud saya, Hadz dan Reiki benar dengan mengajak saya ke sana untuk melihatnya. Jika mereka mengatakannya kepada saya, tanpa menunjukkannya kepada saya... itu tidak akan membuat saya terkejut. Oh, dan Raphael mengatakan bahwa mereka meningkatkan asupannya setiap hari. Jadi, kami tidak punya banyak waktu untuk duduk dan berpikir. Kita perlu rencana, dan kita perlu mengambil tindakan."

"Apakah mereka fana?" Alfred bertanya.

"Ya, kami setuju dengan hal itu," kata E-Z. "Jadi, rencana yang saya pikirkan adalah membuat permainan sendiri. Paman Sam bisa membantu. Ketika saya bermain untuk memamerkan pembunuhan, maka The Furies akan datang menangkap saya. Saat mereka datang, kami akan menjebak mereka dan membunuh mereka di dalam game.

"Saya pikir kekuatan mereka akan berkurang di dalam game. Namun kemudian saya terpikir - bagaimana jika kekuatan saya juga berkurang."

"Kita tidak akan tahu, sampai semuanya sudah terlambat," kata Alfred.

"Itu benar. Semakin saya memikirkannya, semakin tidak efektif ide tersebut. Belum lagi, jika mereka memiliki PJ dan Arden, terjebak dalam ketidakpastian, sampai mereka mengendalikannya... Yah, mereka bisa mengambil jiwa mereka. Dan kita akan kehilangan mereka."

"Maksudmu itu bisa jadi jebakan?" Lia bertanya.

"Tepat sekali."

"Kau telah memberi kami banyak hal untuk dipikirkan," kata Alfred. "Saya pikir kita harus tidur dulu, merenungkannya, dan kita bicarakan lagi besok."

"Saya tidak yakin apakah saya bisa tidur," kata Lia, "tapi saya setuju, mari kita istirahat. Aku butuh waktu untuk memikirkan seberapa besar bahaya yang akan kita hadapi. Kita harus memastikan bahwa kita saling mendukung satu sama lain."

"Tentu saja," kata E-Z. "Sementara itu, saya akan melihat apakah saya bisa membuat Rencana B."

Lia meninggalkan ruangan dan menutup pintu di belakangnya.

"Aku ingin tahu siapa yang ada di pintu depan?" E-Z bertanya.

"Kita bisa tanya Sam besok pagi, dia mungkin masih sibuk mengurus istrinya."

Mereka tertawa. "Kedengarannya seperti sebuah rencana," kata E-Z. "Selamat malam Alfred."

"Malam E-Z."

BAB 30

OOH, BAYI BAYI

"Bayinya akan lahir!" Sam berteriak beberapa jam kemudian.

Dalam perjalanan menyusuri lorong, ia menggandeng tangan Samantha di satu tangan. Di bahunya tersampir sebuah tas. Dia meraih kunci mobil.

"Kamu tidak boleh menyetir, sayang," kata Samantha sambil meletakkan kunci mobil di atas meja.

E-Z keluar ke aula. "Mau kami ikut denganmu?"

"Aku tidak apa-apa," kata Samantha. "Lia masih tertidur pulas."

"Aku akan membangunkannya dan kami akan menemuimu di rumah sakit, oke?"

Lia melirik ke belakang, "Aku sudah menelepon taksi. Dia tidak menyetir."

Sam tersenyum, "Dia bosnya."

"Sampai jumpa lagi," kata E-Z. "Ngomong-ngomong, siapa yang mengetuk pintu tadi malam?"

"Itu Rosalie. Dia kelelahan, jadi kami menaruhnya di kamar tamu."

"Baiklah, terima kasih," kata E-Z.

Ketika ia berjalan di sepanjang koridor menuju kamar Lia, bertanya-tanya apa yang dilakukan Rosalie di sana, ia mengetuk pintu.

"Ini aku Lia," katanya. "Ibumu dan Paman Sam akan pergi ke rumah sakit. Bayinya akan lahir!"

Terdengar suara benturan terlebih dahulu, lalu Lia membukakan pintu. Lampu di atas meja malamnya tergeletak di lantai di samping tempat tidur. "Aku akan siap sebentar lagi," katanya. Dia menutup pintu.

Dia berjalan menuju kamar tamu. Dia melihat ke dalam dan Sam benar, Rosalie tertidur pulas. Dia kembali ke kamarnya, berpakaian dan berusaha untuk tidak membangunkan Alfred. Angsa tidak diperbolehkan masuk ke rumah sakit, jadi membangunkannya akan sangat kejam - dia akan merasa ditinggalkan. Dia menulis sebuah catatan yang mengatakan bahwa Rosalie sedang tidur di kamar tamu dan untuk menjaganya sampai mereka kembali. Katakan padanya untuk menganggapnya seperti di rumah sendiri, tulisnya. Dia meninggalkan catatan itu agar Alfred tidak melewatkannya saat dia bangun.

E-Z menutup pintu di belakangnya dan menguncinya, lalu dia dan Lia masuk ke taksi yang sudah menunggu dan pergi ke rumah sakit.

Mereka mengikuti petunjuk jalan dan segera menemukan bangsal bayi. Sam ada di sana, mondar-mandir seperti yang dilakukan oleh para calon ayah di televisi.

"Bagaimana keadaanmu?" E-Z bertanya.

"Bagaimana kabar ibuku?" Lia bertanya.

"Terima kasih atas kedatangan kalian berdua," kata Sam. Tangannya bergetar ketika ia mencoba mengambil air minum dari botol. "Samantha baik-baik saja. Maksudku, dia sudah pernah mengalami hal ini sebelumnya denganmu Lia, jadi dia tahu apa yang akan terjadi, begitu juga aku. Yah, saya tidak tahu apakah saya bisa mengatasinya. Kursus yang kami ikuti, untuk membantu kami mempersiapkan diri menghadapi hari ini sangat bagus - tetapi kenyataannya sangat berbeda. Saya benci rumah sakit."

"Semua orang membenci rumah sakit," kata E-Z. "Tapi ketika mereka datang melalui pintu ayun itu. Dan mengatakan bahwa Anda dibutuhkan... Maka Anda harus bersatu dan masuk ke sana dan membantu istri Anda. Ingatlah bahwa Anda adalah sebuah tim, dalam hal ini bersama-sama. Kamu pasti bisa!" Dia menepuk punggung pamannya.

"Aku tahu."

Lia meletakkan kepalanya di bahu Sam. "Kamu akan baik-baik saja."

Seorang perawat datang. "Istrimu membutuhkanmu. Tidak akan lama lagi. Saya akan membawamu untuk dibersihkan, dan kemudian kamu bisa bersama istrimu saat kami menurunkannya."

Sam mengangguk dan dia pun pergi.

Raut wajahnya yang terakhir mengingatkan E-Z pada seseorang yang sedang berdiri di depan regu tembak.

"Dia akan baik-baik saja," kata Lia sambil menepuk tangan E-Z.

Beberapa jam kemudian, Sam kembali kepada mereka dengan senyum lebar di wajahnya. "Saya punya anak perempuan lagi," katanya, "dan seorang anak laki-laki!"

"Dua bayi?" Lia dan E-Z berkata serempak.

"Ya, dua. Kami hanya melihat satu di pemindaian."

"Bagaimana kabar ibuku?"

"Dia brilian! Menakjubkan!"

"Bisakah kita melihatnya? Dan bayi-bayinya?"

"Beri mereka waktu beberapa menit, untuk mempersiapkan segala sesuatunya. Lalu kamu bisa bertemu dengan kakak dan adikmu Lia, dan E-Z kamu bisa bertemu dengan sepupu-sepupumu."

"Sudah tahu mau menamai mereka apa?" E-Z bertanya.

"Ya, tapi nanti kita beritahu bersama."

"Cukup adil," kata E-Z.

"Dua bayi, di rumah itu - bersama yang lainnya," kata Lia.

"Aku juga memikirkan hal yang sama. Kita sudah punya rumah yang penuh... tapi kita akan mengatasinya. Kita selalu berhasil."

Mereka duduk bersama dan menunggu.

EPILOG

Beberapa minggu kemudian, tibalah tanggal 17 Januari. Natal telah datang dan pergi dengan segala kemegahan dan kemegahannya, sama halnya dengan pergantian tahun. E-Z setahun lebih tua, berusia 16 tahun dan geng itu berkumpul di kamarnya. Charles Dickens bergabung dengan mereka melalui Facetime.

Di ujung lorong, si kembar - Jack dan Jill, membuat keributan. Sam dan Samantha masih membiasakan diri dengan rutinitas para penghuni baru. Tidak ada seorang pun di rumah itu yang bisa tidur nyenyak, sampai mereka membuka kado Natal mereka. E-Z, Lia dan bahkan Alfred menerima headphone pemblokir suara.

E-Z telah memikirkan cara lain untuk mengalahkan The Furies. Selain idenya untuk mengejar mereka di dalam game. Hanya sedikit pilihan lain yang muncul.

Sementara yang lain tidur, dia melakukan beberapa percakapan dengan Charles secara online. Charles berpikir bahwa mengalahkan mereka dalam permainan mereka sendiri akan menjadi 'sangat hebat. '

E-Z sedikit khawatir dengan frasa lain yang diajarkan para detektor itu kepada Charles. Bersama-sama mereka memutuskan untuk mengisi grup dengan diskusi tentang bagaimana cara melanjutkan ide permainan ini.

"Mudah saja," kata Charles Dickens. "E-Z dan saya berbicara di telepon beberapa hari yang lalu dan kami menemukan apa yang mungkin berhasil. Jika mereka memiliki informasi tentang The Three - maksud saya, Anda ada di internet - mereka akan tahu tentang Anda. Tapi mereka tidak akan tahu tentang saya.

"Bukan berarti mereka akan takut pada saya. Meskipun Edward Bulwer-Lytton pernah menulis, 'pena lebih kuat daripada pedang'. Dalam hal ini, saya harap itu benar.

"Jadi, saya telah berlatih dengan teman-teman saya, para detektor. Kami memikirkan permainan terbaik untuk memasukkan mereka, adalah permainan yang sudah ada. Dan kami pikir kami tahu permainan yang sempurna.

"Game ini disebut The PK Crew. Rating game ini adalah 13+ atau 12+ di beberapa tempat dan gratis. Motif permainan ini adalah membunuh semua orang termasuk keluarga dan teman-teman Anda. Anda diberi hadiah untuk setiap pembunuhan, tetapi ketika Anda membunuh orang yang dekat dengan Anda, Anda bahkan mendapatkan lebih banyak poin. Lebih banyak uang tunai. Bahkan ketenaran di dalam game. Gambar Anda di televisi PK TV. Di halaman depan surat kabar The Peachy Keen Times. Permainan ini terjadi di kota fiksi bernama Peachy Keen. Ini adalah jebakan yang sempurna - dan ini adalah permainan yang akan kami luncurkan sendiri. Saya akan bermain sebagai seorang anak berusia dua belas tahun, mereka akan masuk ke dalam permainan dan kalian sudah berada di sana."

"Itu akan cukup aman," kata E-Z, "Maksud saya, kamu sudah mati - maksud saya di kehidupan lampaumu - jadi mereka tidak bisa membunuhmu."

Terdengar ketukan di pintu, "Sudah terbuka," kata E-Z.

Lia melompat dan memeluk Rosalie. "Senang melihatmu sudah bangun," katanya sambil meringkuk di dalam sweter tebal milik temannya.

Rosalie telah menjadi bagian penting dari tim mereka. Namun, ia hanya diizinkan untuk tinggal bersama mereka selama satu hari lagi. Setelah itu, dia harus kembali ke panti.

Saat ia berjalan melintasi ruangan untuk duduk, ia menepuk kepala Alfred si angsa. Mereka semua telah menjadi teman yang cepat akrab, karena ia telah tiba sebelum bayi-bayi itu tiba.

"Ada beberapa hal yang ingin saya sampaikan kepada Anda. Pertama, terima kasih karena telah menyambut saya dengan baik. Senang sekali bisa bertemu dengan kalian dan terima kasih telah membuat saya merasa menjadi bagian dari tim kalian."

"Ahhhhh," kata Lia.

"Yang perlu kukatakan adalah, aku telah menulis dalam sebuah buku tentang anak-anak lain yang memiliki kekuatan khusus seperti kalian. Buku itu ada di laci meja malamku. Lain kali kalau kalian datang berkunjung, aku akan memberikannya kepada kalian agar kalian bisa mencari anak-anak lain untuk membantu kalian mengalahkan The Furies."

"Kita akan membutuhkan semua bantuan yang bisa kita dapatkan," kata Lia.

"Raphael dan Eriel berpikir mereka bisa membantumu, itulah mengapa mereka ingin aku memberikan rinciannya. Itulah mengapa saya menuliskannya - jadi saya tidak akan melupakan sesuatu yang penting."

"Apakah itu sebabnya Raphael dan Eriel menarikmu ke ruang putih?" E-Z bertanya.

"Ya dan tidak. Maksudku ya. Mereka tahu tentang anak-anak lain. Tapi tidak, mereka tidak secara langsung memintaku untuk menyerahkan informasi tentang mereka. Saya tahu anak-anak ini penting bagi Anda dan tanpa mereka, Anda tidak bisa mengalahkan The Furies."

"Apa yang kau ketahui tentang The Furies?" Alfred bertanya.

Rosalie menggigil dan menyilangkan tangannya. "Aku tahu beberapa hal tentang mereka. Seperti, mereka adalah tiga saudara perempuan yang menakutkan, yang kembali ke bumi untuk berbuat jahat."

E-Z berkata, "Kamu tidak bercanda. Saya telah melihat secara langsung kerusakan yang telah mereka lakukan sejauh ini. Kami sedang menyusun sebuah rencana. Tapi beritahu kami, di mana anak-anak yang lain? Apakah menurut Anda mereka akan membantu kita? Itu jika kita bisa menemukan cara untuk membawa mereka ke sini."

"Mereka adalah anak-anak yang baik, tetapi Anda harus meminta izin kepada mereka dan orang tua mereka. Satu orang di belahan dunia lain di Australia, satu orang di Jepang dan satu lagi di Amerika Serikat di Phoenix, Arizona. Mungkin ada yang lain, tetapi hanya tiga orang ini yang saya hubungi sejauh ini," kata Rosalie.

"Di sisi lain, membawa anak-anak baru akan memperumit keadaan," kata E-Z. "Selain itu, jika kami gagal, maka tidak akan ada yang menggantikan kami. Mungkin lebih baik bagi kami untuk mengelola ini sendiri, dengan eksposur sesedikit mungkin. Jika kami bisa melakukannya, maksud saya, keluarkan The Furies - mengapa harus melibatkan orang lain? Orang asing? Mengapa mempertaruhkan nyawa anak-anak lain?"

"Belum lama ini kita semua adalah orang asing," kata Alfred.

"Saya masih orang asing - meskipun kita memiliki hubungan keluarga," Charles Dickens menimpali. "Tapi saya bukan salah satu dari The Three. E-Z yang bertanggung jawab dan saya senang melakukan apa pun yang menurutnya terbaik. Para detektor mengatakan bahwa saya adalah seorang pemula. Dan itu benar."

Rosalie menatap anak laki-laki di layar. "Kami belum berkenalan dengan baik," katanya. "Saya Rosalie dan saya cukup yakin saya lebih pemula daripada Anda."

Charles tertawa. "Saya Charles Dickens."

"Ada hubungannya dengan Anda, si Charles Dickens?" Rosalie bertanya.

"Eh, ya, aku adalah dia - reinkarnasi."

Rosalie tertawa. "Kupikir aku sudah mendengar semuanya. Aku senang bertemu denganmu, Charles."

Terdengar ketukan keras di pintu depan.

Beberapa detik kemudian, kaki-kaki bersepatu bot berjalan di sepanjang lorong tanpa mempedulikan protes Sam.

"Rosalie," kata pria yang paling kasar di antara kedua pria itu melalui pintu yang tertutup. "Saatnya kembali ke rumah. Kamu butuh obatmu, jadi keluarlah, atau kami yang harus masuk untukmu."

Rosalie berdiri, "Sepertinya saya sudah mengatakan semua yang perlu Anda ketahui dan tepat pada waktunya." Dia berjalan ke pintu, membukanya, dan pergi bersama para petugas.

Di bagian belakang ambulans, satu menit, lalu di ruang putih. Rak-rak dan buku-bukunya sama, tetapi baunya tidak. Sebelumnya tidak ada bau, tapi sekarang, baunya tidak enak. Bau. Nasty. Seperti pemutih dan telur busuk.

Melalui dinding, tiga wanita berpakaian hitam dari ujung kepala sampai ujung kaki masuk. Bukannya rambut, mereka membawa ular. Dan lebih banyak ular merayap di lengan mereka. Mereka terbang ke arahnya. Sayap mereka yang seperti kelelawar sangat kontras dengan kemurnian dan keputihan ruangan itu. Darah berbusa keluar dari mata mereka, saat mereka mengibaskan cambuk ke arahnya.

Dan bau busuk mereka tak tertahankan.

"Beritahu kami apa yang ingin kami ketahui," The Furies menegur secara serempak.

"Saya tidak tahu apa yang kalian tanyakan pada saya," kata Rosalie sambil memegang hidungnya.

CAMBUK.

Retak cambuk itu menyerempet kulit di pipi wanita tua itu. Ketika dia menyentuh wajahnya, dan melihat tangannya, tangannya berlumuran darah.

"Kamu tahu," kata Allie, sementara dia dan saudara perempuannya mengibaskan cambuk mereka di sekitar wanita tua itu sekali lagi.

"Saya tidak tahu apa yang kamu maksudkan."

Sebuah rak buku terjatuh. Jika bukan karena tangga yang bergerak cepat, Rosalie pasti sudah tertindihnya.

WHIP.

Aku bermimpi, pikir Rosalie. Aku harus bangun. Aku harus bangun SEKARANG dan pergi dari makhluk-makhluk bau yang mengerikan ini.

Rak buku lain jatuh.

Kemudian yang lain. Dan satu lagi.

Tak lama kemudian, tangga juga menghantam lantai dan memantul. Sekali, dua kali, tiga kali. Lalu hancur berkeping-keping.

"Oh tidak!" Rosalie menangis.

"Kau akan memberitahu kami, sayang," Tisi menuntut, sambil mengangkat wanita yang lebih tua itu dari lantai dengan lengannya yang melingkar di sekelilingnya.

Kaki Rosalie menggantung dengan genting. Sementara ular-ular itu mengencangkan cengkeraman mereka di sekeliling tubuh bagian atasnya.

"Hati-hati, saudari, kamu bisa membuatnya terkena serangan jantung," pekik Meg sambil mendekat ke arah Rosalie. "Berikan apa yang kami inginkan, sayang."

"Aku tidak akan memberitahumu, apapun. Tidak peduli apa yang kamu lakukan padaku," kata Rosalie.

Dia begitu berani. Karena dia tahu dia tidak sendirian. Lia ada di sana, mendengarkan.

"Ini hanya membuang-buang waktu," kata Allie sambil melayangkan cambuk ke udara dan menghantam seluruh dinding rak buku. Beberapa buku bersayap berjuang untuk keluar dari bawah rak. Satu mencoba terbang dengan satu-satunya sayap yang tersisa.

Tisi berbalik ke arah dinding yang paling jauh dan membakar buku-buku itu. Buku-buku itu berjatuhan, seperti kartu domino, menimpa Rosalie yang terkubur di bawah buku-buku yang terbakar.

Kemurkaan tertawa keras dan bangga.

Rosalie memanggil nama Lia dalam benaknya. Di mana kau, Lia? tanyanya. Di mana kamu, anak kecil?

Kembali ke rumah, E-Z membuka laptopnya. "Oke, kita sudah sempat tidur di atasnya. Apa kita semua sepakat, bahwa kita tidak punya pilihan lain selain melawan The Furies?"

Lia dan Alfred mengangguk.

"Dan kita harus menjemput anak-anak ini dan membawanya ke sini. Kita bertiga dan mereka bertiga. Lia, kamu pergi ke Phoenix - Little Dorrit bisa mengantarmu atau kamu bisa naik pesawat."

"Aku lebih suka Dorrit kecil."

"Oke, anak pertama sudah diurutkan. Meskipun kita tidak tahu namanya atau di mana tepatnya dia di Phoenix, Arizona. Dan kau harus menyelesaikannya dengan orang tuanya. Itu tidak akan mudah karena Anda harus memberi tahu mereka bahaya apa yang akan dihadapi anak mereka."

"Ya, saya harus mendapatkan rincian lebih lanjut dari Rosalie."

"Alfred, kamu bisa pergi ke Jepang. Saya sarankan kamu terbang - kita harus mengatur logistiknya. Kamu harus terbang kembali dengan anak itu dengan asumsi orang tuanya akan mengizinkanmu. Sekali lagi, kita perlu informasi spesifik dari Rosalie di mana anak itu berada. Dan akan ada kendala bahasa, kecuali kamu bisa bahasa Jepang?"

Alfred menggelengkan kepalanya.

"Saya akan panggil penerjemah."

"Kami akan membelikanmu sebuah ponsel dan kamu bisa memasang aplikasi yang bisa menerjemahkan untukmu. Akan ada kurva belajar," kata E-Z. "Terutama karena Anda tidak memiliki jari."

"Kedengarannya bagus bagi saya," kata Alfred. "Saya harus mulai bekerja dengan telepon ini secepatnya. Tidak butuh waktu lama untuk mengetahuinya. Sementara itu, Rosalie bisa memberi tahu anak itu bahwa aku angsa - jadi mereka tidak akan jatuh dan pingsan saat pertama kali melihatku."

"Itu ide yang bagus," kata Lia. "Tapi bagaimana kamu akan mengetik?"

"Saya bisa menggunakan paruh saya."

"Atau program yang diaktifkan dengan suara," kata E-Z.

"Keren," kata Lia dan Alfred serempak.

"Dan aku akan terbang ke Australia. Aku akan naik pesawat bersama anak itu, tapi akan lebih cepat jika aku langsung ke sana. Oh, dan satu hal lagi, kita harus memikirkan pintu jebakan untuk diri kita sendiri. Suatu cara agar kita bisa keluar - jika salah satu atau beberapa dari kita tertangkap atau terbunuh atau terluka. Kita harus siap untuk segalanya. Jika kita mati sebelum kita menyelesaikan benda ini, tidak akan ada yang tersisa untuk mengambil kepingan-kepingannya."

"Para malaikat agung," Lia tergagap, lalu berhenti. Ia menggigil, lalu ia tidak bisa mengatur nafasnya. Ia melingkarkan tangannya ke tubuhnya sendiri.

"Apakah kamu baik-baik saja?" E-Z bertanya.

"Ssst," kata Lia. Tidak ada suara di dalam ruangan atau di dalam pikirannya, hanya ada keheningan yang mutlak dan lengkap. Detak jantungnya kembali normal, begitu juga dengan napasnya.

"Alarm palsu," katanya. "Saya pikir ada sesuatu yang salah, seperti saya mendapatkan SOS, tetapi semuanya tampak baik-baik saja sekarang."

"Apakah itu sering terjadi?" Alfred bertanya.

"Tidak," kata Lia.

"Oke, mari kita mulai bertukar pikiran," kata E-Z. Dan mereka menghabiskan sisa hari itu dengan membuat daftar, memusatkan perhatian pada apa yang bisa salah dan apa yang bisa berjalan dengan baik.

Mereka pergi ke kamar dan tidur.

Itu adalah malam yang damai bagi semua orang kecuali Rosalie.

Rosalie, yang suaranya tidak terdengar.

Yang suaranya tidak dijawab.

Tidak ada bantuan yang datang.

Ruang Putih telah hancur.

Tidak ada yang datang untuk menyelamatkan Rosalie.

Dari kemurkaan yang jahat.

Terima kasih!

Pembaca yang terhormat,

Terima kasih telah membaca buku ketiga dari Seri E-Z Dickens... Saya minta maaf atas akhir cerita yang menyedihkan, tetapi terkadang hal ini terjadi.

Buku terakhir akan segera tersedia!

Terima kasih sekali lagi kepada semua orang yang telah membantu saya untuk membuat seri ini menjadi lebih baik, seperti para pembaca beta, proofreader dan editor. Pujian!

Kepada teman dan keluarga saya, terima kasih atas dorongan dan dukungannya.

Dan seperti biasa, Selamat Membaca!

Cathy

Tentang Penulis

Cathy McGough tinggal dan menulis di
Ontario, Kanada bersama suami, anak laki-laki, kucing
dan anjingnya.

Juga oleh:

YA

E-Z Dickens Superhero Buku Empat: ON ICE

NON-FIKSI

103 Fundraising Ideas For Parent Volunteers With

Schools and Teams (3RD PLACE BEST REFERENCE 2016

METAMORPH PUBLISHING)

+ Buku Anak-anak